취향 속에서 흥청망청 마시며 얻은 공식

술꾼의 정석

심현희 지음

amStory

웰컴 투 심현희 월드

7년 전, '심현희'라는 사람을 서울의 한 중국집에서 처음 만났다. 평소 무수히 많은 저녁 술자리에서 다양한 사람들을 만나지만 아직도 그날의 그 술자리는 선명하게 기억하고 있다. 그중 특히 잊을 수 없는 장면 두 가지.

저녁 식사를 하는데 모든 음식과 술을 엄청 빠르

게, 엄청 많이 먹고 마시는 장면. 그리고 1차를 마치고 이어진 노래방에서 손에 마이크를 쥔 채 '마른 하늘을 달려!'를 외치며 하늘을 달리는 장면. 당시 그의 두 발은 '마땅히' 공중에 떠 있었고, 다행히 키가 아주 크진 않아서 머리가 천장에 닿고 있진 않았다. 노래 가사 그대로 '두 다리 모두 녹아내린다고 해도, 영원토록 달려갈' 것만 같은 모습이었다.

사실 내 머릿속에 이 장면들은 너무나 비현실적이라 내가 뭔가 착각을 하고 있거나, 아니면 이후 수년간 체험하게 된 '심현희 세계관'에 의해 그에 대한 첫 기억을 내 자아가 왜곡한 게 아닌가 하는 자아성찰적 의심도 했다. 그러나 그 자리에 같이 있었던 또 다른 이들의 기억도 나의 것과 동일한 걸로 봤을 때 그 두 장면은 실재했던 것으로 판단할 수 있다. 사실 '엄청 빠르게, 엄청 많이 먹고 마시는 것'은 그 이후에도 꾸준히 관찰된 모습이었으므로 의문의 여지가 없기도 하다.

아동 ADHD는 성장하는 과정에서 대부분 치료되거나 사라진다. 하지만 ADHD가 인간의 성장 과정에서 함께 오붓하게 성장한 사례를 찾고자 한다면 '심현희 세계관'을 들여다보면 된다. 그 속에서 발견되는 '과몰입'은 이 세계관 속의 주요 에너지원이다. 이 에너지는 꽤 짧은 시간 내에 그를 특정 분야에서 전문가의 경지로 올려놨으며, 그 특정 분야의 사람들 사이에서 '핵인싸'로 자리매김하게 만들었다.

당연히 그 특정 분야는 '주류'다. 그는 명실공히 대한민국을 대표하는 주류 전문기자이며 전문 술꾼이다. (놀랍게도 심현희 기자는 대학에서 역사를 전공했다) 특유의 '과몰입'을 통해 켜켜이 쌓은 그의 전문성은 가볍게 읽히지만, 담긴 지식의 무게가 꽤 묵직하게 느껴지는 전작《맥주, 나를 위한 지식 플

러스》출간에 이어 신작 《술꾼의 정석》을 출간하게
했다.

심현희 세계관에서 빌런은 '노잼'이다. 그는 '노
잼'에겐 에너지를 박탈하여 처단하고, '꿀잼'에는 과
몰입한다. 꿀잼에 대한 과몰입은 '수퍼파월' 심현희
를 만들고 그 에너지로 그의 세계관을 유지한다. 이
책에는 오늘날 '수퍼파월 심현희'의 탄생과 성장 과
정이 담겨 있다.

책에는 맥주에서 시작해서 와인으로, 그리고 전
통주, 위스키, 요즘 트렌디한 하이볼까지 '다양한 꿀
잼'에 대한 과몰입의 향연이 펼쳐진다. 이 책을 통해
당신은 흥미로운 심현희 세계관을 들여다볼 수 있으
며, 술과 관련한 그의 좌충우돌 삶에 함께 몰입하며
울고 웃게 될 것이다. 마지막 장을 덮는 순간엔 어느
새 술에 대한 꽤 많은 양의 흥미로운 정보를 획득했

다는 것을 깨닫게 된다. 이 책은 그런 책이다.

심현희 세계관의 한 부분에는 빽빽한 숲이 하나 자리 잡고 있다. 곧고 푸른 나무들로 가득 차 있는 숲. 나는 그가 전 직장에서 썼던 한 칼럼을 우연히 읽다가 이 '빽빽한 숲'의 존재를 인지한 뒤 이전 칼럼들을 찾아서 모두 읽기 시작했다. 그래, 기복이 있긴 했지만… 컨디션이 좋았던 날에 쓴 것이 분명한 글들은 깜짝 놀랄 정도의 필력과 함께 직관과 감동을 담고 있었다. 1,200자 남짓의 칼럼이 이렇게 빽빽하고 치밀할 수가 있을까? 1,200자 칼럼에서 단한 글자도 뺄 수 없는 그런 글을 쓰는 사람이 위트와 애정을 담아 책을 쓴다면 과연 어떤 모습일까?

이 책의 초고를 방금 다 읽었다. 주로 그가 컨디션이 좋았던 날에 쓴 것이 분명하다. 컨디션이 특별히 더 좋았던 날에 쓴 것으로 보이는 챕터들은 정말기가 막히게 재밌다. 이제 정말 궁금해졌는가? 다음 페이지를 여시오. 웰컴 투 심현희 월드, 수.퍼.파.월!

서울대학교 농경제사회학부 푸드비즈니스랩
교수 문정훈

취향의 세계

"어떤 술을 가장 좋아하세요?"

"지금까지 마신 술 중에 가장 맛있는 술은 무엇인가
요?"

'주류전문 기자'라고 나를 소개하면 가장 많이 듣
는 질문이다. 수많은 취재 영역 가운데 '술'이라는 다
소 특이한 포지션에 흥미를 느껴 묻는 말일 수도 있
고, '기자 일을 한다고 포장하지만 결국은 술꾼이구

나' 하고 속으로 비웃으며 겉으론 최대한 예의를 갖춘 척 묻는 것일 수도 있다. 혹은 순수하게 술에 대한 정보를 얻기 위해 하는 질문일 수도 있을 것이다.

가벼운 질문에 진지하게 덤벼들 필요는 없기에 대체로 "주종을 가리는 타입은 아니지만, 와인과 맥주를 특히 좋아하는 편입니다"라는 정해진 대답을 하고 만다. 사실 술에 진심인 나로서는 깊고도 넓은 술의 세계를 압축시켜 단순히 "와인 좋아한다" 혹은 "맥주 좋아한다"로 표현해야 하는 상황이 아쉽기만 하다. 와인이라고 다 같은 와인이 아니다. 맥주도 마찬가지다. 소주나 위스키도 얘기하려면 며칠 밤은 새야 한다. 같은 종류의 술이어도, 술의 맛은 제각각이다. 술을 양조한 사람이 누구인지, 어느 지역에서 어느 해에 어떤 농산물을 수확해 술의 원료로 썼는지에 따라 술맛과 스토리가 달라진다. 다채로운 맛의 스펙트럼을 찾아 자신의 취향을 알아가는 과정이 인생이라면, 취향을 가진다는 것은 도전과 경험의 결과다. 아무리 '술 박사'라고 해도 이것저것 많이 마셔본 자를 이길 수 없다.

다양한 주종 가운데 나의 '첫사랑'은 맥주였다. KTX가 들어오기 전인 초등학교 3학년 때 부모님은 기차여행의 매력을 알려주겠다며 무궁화호를 타고 서울역에서 목포를 다녀오는 일정을 잡았다. '두주불사'였던 아빠는 기차에서 맥주를 더 오래, 더 많이 마시려고 일부러 더 빠른 새마을호 표를 사지 않았던 것이 분명하다. 그는 자신의 좌석 번호를 찾아 짐을 올려놓고 앉자마자 황급히 맥주를 주문했다. 대체 어떤 맛이 나는 음료이기에 맥주를 마시는 아빠의 표정이 저렇게 밝은 것일까 궁금했다.

"나도 마셔볼래!"

어린아이가 맥주를 달라고 하면 말리는 것이 당연하지만 자식을 '술꾼의 정석' 저자로 키워 낸 아빠는 흔쾌히 "그래? 너도 마셔볼래?" 하며 마시던 하이트 맥주 캔을 쿨하게 넘겼다.

콜라와 환타를 좋아하는 열 살짜리 아이에게 맥주가 맛있게 느껴질 리는 없었다. 한 모금을 겨우 삼키고 미간을 찡그리며 다시 맥주 캔을 돌려줬지만 초등학생이었던 내게 적어도 여행을 떠나는 길에 맥주를 마시는 것은 꽤 낭만적이고 멋진 행위로 받아들여졌던 것 같다.

타고난 DNA에 조기 교육까지 이뤄진 덕분에 나는 청소년의 불법 음주가 암암리에 시도되는 중고등학교 수련회에 초록병 소주를 몰래 반입해 오는 친구들과 달리 세련된 버드와이저 맥주를 숨겨 와 숙소에서 찬사를 받았다. 이렇듯 나는 어디를 가든 술자리안 빼는 아이, 가장 술 잘 먹는 학생, 흥이 많은 사람 등으로 쓸데없는 인정을 받았다. 대학생 때는 전 세계의 맥주를 퍼마시겠다는 일념으로 세계여행을 떠났다. 이집트의 국민 맥주, 아일랜드의 상징 흑맥주, 독일 남부의 걸쭉한 밀맥주 등 여행지에서 새로운 맥주를 마실 때마다 구글링으로 관련 정보를 습득했다. 아직 알코올이 뇌에 깊게 침투하지 않은 20대 특유의 학습력과 추진력은 나도 모르게 미래를 '술'과 관련한 일로 좁히고 있었다.

수습기자 생활을 마치고 첫 부서로 스포츠부에 가게 됐다. 담당을 맡은 야구, 골프 등을 취재해 지면용 기사를 쓰는 것이 주요 업무였다. 취재 현장에는 승부와 열정의 에너지가 넘쳐흘렀고 환호가 가득했다. 술과 관련한 일은 야구장에서 치맥을 즐기는 관객을 구경하는 것 외에는 없었으나 재미는 있었다. 그러던 어느 날, 최순실 국정농단 사건이 터졌다. 대형 이슈가 발생하면 모든 언론사가 달라붙어 특종 경쟁을 하기 마련이다. 이 경쟁에 합류해 특종 보도를 해내는 기자들에겐 '이달의 기자상'이나 '한국기자상'과 같은 명예를 얻을 절호의 기회이기도 하다. 내게도 최순실 사건은 나의 커리어를 바꿀 기회로 작용했다. 물론 다른 기자들과는 조금 다른 의미로.

회사는 당시 신문 열독률이 갈수록 떨어지는 시대 흐름에 대응하기 위해 온라인 콘텐츠만큼은 담당 부서와 상관없이 자유롭게 생산해보라고 독려했다. 최순실 사태를 가만히 지켜보던 나는 러시아 황제 니콜라이 2세 막후에서 무소불위의 권력을 행사한 '그리고리 라스푸틴'을 떠올렸다. 당시 미국의 크래프트 맥주 중 라스푸틴의 이름을 딴 '올드 라스푸틴'이라는 맥주를 즐겨 마신 덕분이었다. '심현희 기자'라는 바이라인을 달고 지면용 기사를 쓰는 본업을 할 때에는 한 번도 느껴본 적 없는 무언가 뜨거운 것이 가슴

깊은 곳에서 솟구쳤다.

신이 났다. 올드 라스푸틴이라는 맥주를 '최순실 맥주'라고 설명하면서 맥주와 라스푸틴, 최순실 사건을 연결 지은 이야기를 한 시간도 안 되어 써 내려 갔다. '최순실 맥주, 올드 라스푸틴'이라는 제목 앞에 '맥덕기자의 맛있는 맥주이야기'라는 문패를 달고 전송 버튼을 눌렀다. 이 모든 것이 순식간에 일어난 일이었다. 지면에는 실리지 않는, 온라인용 기사를 쓰는 일은 가욋일 취급을 받았지만 개의치 않았다. 뜻밖에 반응이 폭발적이었다. 이 기사가 트위터, 페이스북 등 SNS에 입소문이 나면서 널리 알려진 것이다. 결국 해당 맥주를 수입하는 분에게 "맥주 재고가 없다"는 연락을 받았다.

후속 기사를 준비했다. 주중엔 본업인 지면용 기사 작성을, 주말에는 양조장과 펍, 바 등을 헤집고 다니며 글을 썼다. 여행을 가게 되면 꼭 로컬 양조장에 들렀고 글로벌 주류 트렌드를 파악하려 애썼다. 누구도 시키지 않은 일이었고 몸도 고됐지만 좋아서 하는 일이라 힘든 줄도 몰랐다. 내가 좋아하는 일을, 나만의 방식으로, 세상에서 가장 잘하고 싶었다. 나 같은 '덕후'에게 술 취재는 오히려 축복이었다. 기자라는 이유로 다양한 술을 가장 먼저 시음할 수 있었고, 국내든 국외든 할 것 없이 유명한 업계 관계자들을 폭넓게 만날 수 있었다. 이후 맥주뿐만 아니라 와인, 위스키, 전통주 등 술 전체로 영역을 확장했다. 다양한 술과 음식을 접하면서 나의 취향을 깊게 파고들 수 있었다.

다시 처음으로 돌아가서,

"어떤 술을 가장 좋아하세요?"

라는 질문에 맥주와 와인을 가장 좋아한다고 대답하는 이유는 크게 두 가지다. 첫째, 초록병의 '희석식 소주'를 썩 즐기는 편이 아니다. 무작정 기피한다기보다는 특별한 일이 있으면 마시지만, 주종을 선택할 수 있는 자리에서는 1순위로 택하는 술은 아니라는 뜻이다. 취하기 위한 알코올을 원하는 것이 아니라 술의 '맛' 자체를 느끼는 것을 더 좋아하기 때문이다. 한 잔의 술에서 복합적인 맛과 향을 즐길 수 있다는 건 오로지 인간으로 태어나 느낄 수 있는 행복이라고 생각한다. 그런 면에서 맥주와 와인은 술이라기보다는 하나의 음식이고, 증류주는 고급 향수라고 생각한다.

먼저 와인. 포도를 수확해서 즙을 내 발효했을 뿐인데 사과, 배, 블랙베리, 딸기 등 각종 과실향이 코를 찌르고 정향 등의 향신료, 가죽 냄새, 흙냄새, 풀향, 오래된 도서관에 쌓인 책 냄새 등 독특한 아로마도 발생한다. 이 모든 것이 어우러져 한 편의 멋진 드라마가 탄생하는데 지역마다, 생산자마다, 수확한 해마다 내용이 다르다.

자연의 영향을 크게 받는 와인과 달리 맥주는 술을 만드는 사람이 맛을 좌우할 수 있는 영역이 더 크다. 맥아는 적당히 볶아 캐러멜색이 나는 것을 쓸 것인가, 까맣게 구운 것을 쓸 것인가. 홉은 미국의 심코(Simcoe) 홉을 쓸 것인가 체코의 사츠(Saaz) 홉을 쓸 것인가, 호주의 갤럭시(Galaxy) 홉을 쓸 것인가. 맥주에 물, 홉, 맥아 외에 다른 부재료를 넣을 것인가, 과일을 넣어 스파클링 와인 느낌을 내볼 것인가. 양조사의 결정에 따라 하나의 '요리'가 완성되는 셈이다.

맥주 중에서는 홉이 많이 들어간 인디아 페일 에일(IPA)이나 음료수처럼 가볍게 마실 수 있고 모든 음식과 잘 어울리는 페일 라거(필스너)를 자주 마신다. 신맛이 강한 미국식 와일드 에일이나 람빅, 괴즈 등 벨기에 전통 사우어 맥주도 좋아하긴 하지만, 캐릭터가 겹치면 와인을 선택한다.

레드 와인은 피노누아, 네비올로 품종을, 화이트 와인은 리슬링을 사랑한다. (솔직히 말하면 다 좋아하고, 즐겨 마시는 품종도 일정 기간을 두고 바뀐다) 소규모로 첨가물 없이 만드는 내추럴 와인 생산자들의 철학도 존중한다. 그러니까 "어떤 술을 좋아하세요?"라는 질문을 받으면 '투머치 토커'라고 지탄받을 지언정 최소한 이 정도 대답은 해야 하는 것 아닌가 싶은 게 술꾼의 마음이다.

아직 끝나지 않았다. 맥주와 와인을 선호하는 결정적인 이유는 수많은 경험과 성찰을 통해 스스로 "나는 높은 도수의 증류주를 마실 자격이 없는 사람"이라는 결론을 내렸기 때문이다. 모든 술과 음식(특히 고기)을 보통 사람들보다 매우 빠른 속도로, 매우 많이 먹는 식습관이 있다. 문제는 위스키, 각종 브랜디, 전통 소주, 바이주 등 40도 이상의 증류주를 마실 때도 평소의 식습관이 발현된다는 것이다. 맥주와 와인은 맛도 맛이지만 도수 자체가 증류주보다 낮기 때문에 빨리 마시고, 많이 마셔도 상대적으로 괜찮지만 맥주 마시는 속도로 증류주를 마시면 결국 죽음에 이르게 된다.

음주의 목적은 인생을 즐기는 것인데 일단 살아 있어야 술도 마시고 사랑도 하고 춤도 추고 재밌게 살 수 있는 것 아닌가. 물론 영국 스코틀랜드 아일라 지역의 위스키라든가, 셰리 오크통에 빠져 있다가 세상에 나온 위스키라든가, 한잔 따라놓으면 거실에 디퓨저 막대기를 꽂은 듯 향이 진동하는 코냑이라든가, 이탈리아에서 '식후 땡'으로 마시는 터프한 그라파라든가, 무거운 중국 요리들을 잔뜩 시켜놓고 때려 마시는 바이주의 매력을 저버리고 포기하며 살고 싶은 생각은 없다. 다만 이렇게라도 이야기하며, 성찰하고, 자제하려고 노력해야 '프로 술꾼'으로서 최소한의 자존감을 지킬 수 있는 것이다.

술이 '신의 물방울'이라 불리는 건, 오롯이 인간을 위해 존재하기 때문이다. 동식물에게 술을 줘봐야 아무런 가치가 없다. 인간은 생존을 위해 농사를 짓고, 오로지 즐거움만을 위해 농산물로 술을 빚는다. AI가 노동을 대체하는 시대에 지극히 인간적인 '술'에 관심을 가지고 즐긴다는 것은 나와 주변 사람들을 깊이 들여다볼 계기가 될 수 있다고 생각한다. 내가 어떤 사람인지, 무슨 맛을 좋아하는지에 대한 취향을 정확하게 파악하고 있는 사람이 더욱 풍요로운 인생을 살 수 있다고 믿는다. 취향이 확실해야 삶도 주체적으로 살아낼 수 있는 까닭이다. 술을 좋아하게 된 이유, 술꾼이 된 사연, 좋아하는 술 취향을 자신 있게 얘기하는 사람들이 많아졌으면 하는 바람에서 이 책을 썼다. 냉장고 깊은 곳에 오래오래 아껴 둔 술을 좋아하는 사람들과 나눠 마시기 위해 꺼낼 때처럼 설레는 심정이다.

차례

Part 1

첫 와인

목마른 시리아

2011년 시작된 내전 끝에 지금은 사실상 갈 수 없는 나라가 되어버린 중동의 '시리아'는 내게 와인에 얽힌 특별한 추억이 있는 곳이다.

"온통 무슬림뿐인 회교국 시리아의 수도 다마스쿠스 도심 한복판에서 호기롭게 '안티 이슬람'을 외치며 와인 병 나발을 불었다" 따위의 비현실적인 모험담과는 거리가 멀다. 시리아를 여행하는 한 달 동안 술은커녕 술병조차 구경하지 못했다. 배낭여행을 갔던 2005년의 시리아는 '미 제국주의 타파'를 외치는 북한과 수교를 맺은 나라였다. 대한민국과는 수교국이 아니었다. 시리아에 입국하려면 터키 국경에서 군인에게 30달러 정도의 뇌물을 바치고, 비자 스탬프를 받아야 했다. 코카콜라, 맥도날드 같은 위대한 자본주의 신물은 당연히 찾아볼 수 없는 사회주의 독재국가였다.

처음부터 시리아에 갈 계획은 없었다. 여행이나 출장길에 고된 하루 일과를 마치고 숙소에서 마시는 차가운 캔맥주나 와인 한잔이 얼마나 큰 행복인데, 알코올이 한 모금도 허용되지 않는 나라에 굳이 갈 이유는 없었다.

'돈'이 문제였다. 터키와 그리스를 여행하던 중 특히 그림 같은 풍광의 산토리니에서 로컬 와인을 마시는 데 너무 많은 돈을 써버린 것이다. 귀국까지는 한 달이나 남았다. 애초에 빠듯한 예산으로 여행을 떠나온 나는 남은 기간을 버티는 데 필요한 경비가 턱없이 부족했다. 산토리니에서 터키로 돌아오는 페리에서 내 가벼운 주머니 사정을 들은 한 요르단 여행객이 말했다.

"현희, 시리아를 가보는 게 어때? 물가가 말도 안 되게 싸고 사람들도 친절한 데다 엄청난 유적이 사람의 때가 묻지 않은 채로 그대로 남아 있는 곳이야. 돈 걱정 안 하고 환상적인 시간을 보낼 수 있을 거야."

돈을 지출하기만 하는 여행을 지속하려면 자본주의를 잠시 피하라는 조언이었다. 유튜브도, 스마트폰도 없었던 시절이었다. 그는 마치 요르단 왕족처럼 귀티가 철철 흘렀고, 영어는 영국식 악센트를 완벽하게 구사했다. 그가 한국어를 알아들을 수만 있다면 오빠라고 불렀을 것이다. 터키로 들어가자마자 오빠의 조언대로 시리아 국경과 맞닿은 곳까지 도착하는 버스표를 샀다. 오빠의 말은 대체로 맞았다. 시리아는 정치적으로 무시무시한 권력 세습 독재국가였지만, 사람들은 순수하고 밝고 따뜻했다. 저녁이 되어 공원에 산책하러 나가면 현지인들이 내게 몰려와 "어디서 왔느냐" 묻고, 견과류를 손에 쥐어주기도 했다.

중동의 견과류는 싸고 맛있다. 한국에서는 다소 비싼 피스타치오나 캐슈넛, 마카다미아 등을 실컷 먹었다. 물론 이렇게 견과류가 차고 넘치는데 왜 맥주나 스파클링 와인을 마실 수가 없는 것인지 미치고 환장할 노릇이었지만 거기 사람들이 잘못한 건 아니니까. 시리아 사람들의 따뜻함에 감동해 그들이 건네는 견과류란 견과류는 다 받아먹고 매일 화장실에 들락였다.

시리아인은 중동에서 가장 많은 인구를 차지하는 아랍인들과는 생김새가 확연히 달랐다. 잘생기고 예쁜 사람들이 은근히 많아 눈도 즐거웠다. 팔미라 유적, 알레포 시장, 다마스쿠스 사원. 하마의 수차 등 볼거리도 많았다. 케밥은 당시 한화로 환산한 금액으로 500원이면 먹을 수 있었고 1,500원이면 체리 1kg을 살 수 있었다. 모든 것이 완벽했다. 술을 먹을 수 없다는 것만 빼면.

얼핏 보기엔 천국이지만 술꾼에게는 지옥 같았던 시리아가 슬슬 질리기 시작했으나, 금전적인 상황을 개선하려면 최대한 버틸 수 있을 때까지 버티다가 터키로 들어가야 했다. 어느 날 다마스쿠스의 거리를 배회하다 눈이 번쩍 뜨였다. 한 DVD 가게 유리창에 미국 할리우드 영화 <사이드웨이>의 포스터가 버젓이 걸려 있는 것이 아닌가. <사이드웨이>는 전 세계 수많은 와인 마니아들이 '인생 영화'로 꼽는 작품이다. 와인 애호가이자 소설가 지망생인 마일즈가 결혼을 앞둔 절친과 함께 캘리포니아 와인 여행을 떠나는 이야기다. 개인적으로는 마일즈가 여행 중 만나 사랑에 빠진 여자 앞에서 자신이 왜 '피노누아' 와인을 좋아하는지 이야기하는 장면이 하이라이트라고 생각한다.

"피노는 까다롭고 재배하기 어려운 품종이지만 그만큼 충분한 가치가 있는 와인이지. 크게 신경 안 써도 아무 곳에서나 자라는 카베르네와는 달라. 끊임없이 신경 쓰고 돌봐줘야 하는 골치 아픈 녀석인 반면 굉장히 복잡하고 다양한 맛을 지녔거든."

시리아 여행을 떠나기 직전에 하필 이 영화를 봤고, 영화를 통해 '피노누아'의 존재를 알게 됐다. 와인 콘텐츠라고는 일본 만화 《신의 물방울》이 전부였던 때였다. 극 중 '와인 스놉'으로 나오는 마일즈는 레드 와인 포도 가운데 가장 널리 재배되는 까베르네 소비뇽과 멜롯 품종을 경멸하면서 '피노누아'를 줄곧 찬양하는데, 당시의 나는 그런 마일즈의 의견에 자신 있게 동의할 만큼 와인 시음의 경험이 없었다. 마일즈의 취향이 그저 멋있어 보였다. 어디 가서 "피노누아 좋아한다"고 말하는 사람이 되고 싶었다.

아르바이트로 모은 돈을 긁어모아 백화점 와인 코너에서 피노누아 중에서도 저렴한 엔트리급(레지오날 등급)을 사 마셨다. 고급 피노누아는 아니었지만, <사이드웨이>나 만화책 《신의 물방울》에서 본 것처럼 와인을 즐겨보고 싶었다. 여리여리하고 우아한 바디감, 과실향, 흙내음, 미네랄……

첫 모금을 넘긴 나는 금방 사랑에 빠지는 일명 금사빠처럼 피노누아와 사랑에 빠졌다. 맛도 맛이거니와 돌이켜보면 "마시기만 해도 뭔가 있어 보이는 피노누아를 즐기는 '나'라는 특별한 대학생" 놀이에 빠진 것 같기도 하다. 어쨌든 한참 와인 맛을 알아가고, 무한한 와인 콘텐츠를 하나씩 공부하는 재미를 느끼기 시작한 그 시기에 하필 술을 마실 수 없는 곳으로 여행을 떠난 것이다.

다마스쿠스 뒷골목 DVD 가게에 뜬금없이 걸려 있는 그 포스터는 가뜩이나 술 금단 증상에 시달리던 내게 '첫사랑 와인'을 상기시켰다. 술을 한 모금도 마시지 못하는 상황을, "아무나 가지 못하는 나라를 여행하는 중"이라며 괴로운 현실을 애써 포장해 버려 온 나였다. 헤어진 연인을 잊고 살다가 서랍 깊이 보관해둔 옛날 핸드폰을 우연히 켰는데 갤러리에 쌓여 있는 전 연인의 흔적을 발견하고 무너져 내리는 기분과 비슷했다.

시리아에서 피노누아를 구해서 마시는 건 한국

에서 로또 1등에 당첨되는 것보다 실현 불가능했다. 노트북을 들고 다녔던 나는 DVD라도 구입하지 않으면 안 될 것 같았다. 돈을 아끼기 위해 시리아에 피신을 온 처지는 순간 까맣게 잊어버렸다. 이성을 잃고 당장 가게에 들어가 DVD를 한화로 2만 원이나 주고 구매했다. 케밥을 500원에 먹을 수 있는 나라에서 바가지를 쓴 것일지도 모르겠다. 당시 묵었던 숙소가 하루에 5,000원이었다.

첫사랑의 흔적을 돈으로 사겠다는데 그 가치를 돈으로 환산할 수 있는 것인가. 그날 밤 숙소 침대에 콕 박혀 영화를 무한 재생했다. 마일즈가 와인을 시음하는 장면이 나올 때마다 와인 대신 침을 삼켰다. 화면엔 뜻을 알 수 없는 아랍어 자막이 나왔지만 언어는 장벽이 될 수 없었다.

알코올 굶주림을 DVD로 이겨내고 무사히 한국

에 돌아온 나는 이듬해 아일랜드로 어학연수를 떠났다. 시리얼과 식빵을 사러 정기적으로 가는 테스코 와인코너를 배회하며 여윳돈이 생기면 종종 저가 피노누아를 사 마셨다. 언젠가는 영화 속 주인공처럼 캘리포니아 센트럴코스트의 광활한 산타 이네즈 밸리를 달리며 피노누아를 원 없이 마시는 미래를 꿈꿨다. 그때 당시 저녁에는 홍콩 이민자가 운영하는 광둥 스타일의 배달 전문 중국집에서 전화를 받는 아르바이트를 했는데, 이 매장에서 팔고 남은 볶음밥과 커리 칩스(감자튀김에 커리 소스를 얹어 파는 음식)를 집에 포장해와서 당시 한창 인기가 있었던 미국 드라마 <프리즌 브레이크>를 보며 와인을 마시면 그렇게 행복할 수가 없었다.

"반드시 <사이드웨이> 여행을 하리라"는 꿈을 이루기까지는 10년이 걸렸다. 나는 서른 살이 된 기념으로 연차를 아껴 캘리포니아 해안선을 따라 달리는 '1번 국도' 여행을 떠났다. 비록 20대 초반의 바람처럼 성공하지도, 멋진 인간이 되지도 못했지만 <사이드웨이> 영화에 나오는 센트럴코스트 지역의 와이너리에 방문해 10달러를 내고 무제한 테이스팅을 만끽하며 살아 있음을 느꼈다. 와인을 마시다가 지겨워지면 인근 브루펍을 찾아 신선한 홉이 가득찬 IPA 맥주를 퍼마셨다.

산타바바라에선 일부러 일요일 오전 성당에 미사를 보러 갔다. 성당 건물 앞에 깊고 푸른 태평양 바다와 잔디 광장이 펼쳐진, 아름다운 곳이였다. 초등학교 이후 발길을 끊은 성당을 굳이 캘리포니아에서 찾은 이유는 밀빵과 함께 주는 와인이 궁금해서였다. 성당을 한 번이라도 가본 사람들은 다 아는 사실이지만 가톨릭 교회에선 영성체를 받은 신자들에한해 미사 중간에 신부님이 밀빵과 와인을 나눠주신다. 우리를 위해 희생하신 예수님의 피와 살을 기리기 위함이다. 한국의 성당들은 롯데칠성음료가 국산 포도로 만든 '마주앙' 와인을 쓴다. 산타바바라 성당에서 마신 예수님의 '피'는 너무나 달콤했다. 그날 이후 술은 운명처럼 내 인생을 파고 들어왔다.

여행에서 돌아와 본격적으로 술을 취재하기 시작했고 결국 '술'은 내 커리어에 가장 중요한 키워드가 되었다. 돌이켜보면 이 모든 게 술에 굶주렸던 시리아 여행의 나비효과였던 것 같다. 이제는 비싸고 유명한 와인들도 종종 마실 기회가 있지만 여전히 내게 '피노누아'는 와인과 처음 사랑에 빠진 과거행 급행열차 티켓이다. 만화《신의 물방울》신간이 나올 때마다 설레는 마음으로 한 장 한 장 곱씹으며 읽고, 테스코 와인코너에서 한참을 서성였던 20대 초반의 내가 떠오르기 때문이다.

미국 센트럴코스트 피노누아

흔히 미국의 피노누아라고 하면 오리건주를 떠올린다. 최근에는 동부 뉴욕 와인도 주목받고 있지만 전통적으로 미국의 와인 산지는 서부에 몰려 있으며 크게 세 지역으로 나뉜다. 캘리포니아 북쪽의 나파 밸리와 소노마 카운티, 오리건주의 윌래밋 밸리, 그리고 서던 오리건, 워싱턴주의 콜롬비아 밸리와 왈라왈라 밸리다.

이 가운데 서늘한 날씨의 오리건에서 피노누아가 잘 자라고 와인 품질도 좋아 프랑스 부르고뉴를 대체할 수 있는 유일한 와인으로 통하곤 한다. 해안선에 붙어 있고 안개가 자욱하며 서늘한 웨스트코스트 소노마 지역의 피노누아 또한 훌륭하다. 물론 오리건이나 웨스트코스트 소노마 피노누아를 누가 사준다면 모든 일정을 취소하고 달려나가겠지만, 개인적으론 <사이드웨이>에 등장하는 센트럴코스트 지역의 피노누아가 '첫사랑'이다 보니 주기적으로 이 지역의 피노누아를 마시며 추억에 젖는 편이다.

실제로 센트럴코스트 지역의 피노누아는 가성비가 훌륭하고, 멋진 와이너리가 많다. 특히 사이드웨이 영화의 배경인 남쪽의 산타바바라는 캘리포니아에서 가장 서늘한 카운티로, 신선한 과일 풍미에 풍부한 미네랄, 산도가 매력적인 피노누아를 생산한다. 짙은 오크나 무거운 바디감보다는 가볍고 섬세한 캐릭터를 선호하는 요즘 주류 소비 트렌드에도 맞아 와인을 추천해달라고 하는 주변 지인들에게 꼭 소개하는 지역이기도 하다.

칼레라 센트럴코스트 피노누아
Calera Central Coast Pinot Noir

글로벌 와인 산업을 뒤흔드는 와인 평론가 로버트 파커가 '캘리포니아의 로마네 꽁띠'라는 별명을 붙이며 극찬한 와인. 1975년 캘리포니아 센트럴코스트에 칼레라를 설립한 조시 젠슨은 미국산 피노누아의 위상을 정립한 미국 피노누아의 전설적인 인물이다. 블랙베리류의 검은 과일향, 장미꽃, 향신료, 감초향 등이 느껴진다.

카멜로드 몬테레이 피노누아
Carmel Road Monterey Pinot Noir

미국 캘리포니아주 센트럴 코스트 지역에서 가장 아름다운 도시로 꼽히는 카멜 바이더 시. 과거 할리우드 스타인 클린트 이스트우드가 이 지역의 시장직을 연임해 세계적으로도 유명해진 마을이다. 캘리포니아 1번 국도 여행을 하다가 카멜 바이더 시에 잠시 들렀는데, 그 유명한 '카멜로드' 와인의 테이스팅 룸이 있어 반가운 마음에 기념 촬영을 했다. 인근 몬테레이 지역의 와이너리인 카멜로드의 피노누아는 국내에서 '정용진 와인'으로 잘 알려져 있다. 정용진 신세계그룹 부회장이 SNS를 통해 "3만 원대에 마실 수 있는 최고의 피노누아"라고 극찬해 유명세를 탔기 때문이다. 보급형 피노누아인 카멜로드가 최고의 피노누아라고 하기에는 무리가 있지만, 피노누아에 입문하기에는 가장 적합한 와인임이 틀림없다. 언제 마셔도 즐거운 와인이다.

더 힐트 이스테이트 샤도네이
The Hilt Estate Chardonnay

"돈이 없는데 와인을 제대로 즐길 수 있을까?"라고 걱정하는 와인 초보자들이 많을 것이라고 생각한다. 하지만 비싼 와인이 꼭 맛있는 건 아니다. 와인의 가격과 맛의 상관관계는 토익 점수와 영어 실력을 떠올려보면 쉽게 이해가 갈 것이다. 토익 점수가 높다고 영어를 다 잘하는 것은 아니다. 하지만 영어를 잘하는 사람은 무조건 토익 점수가 높다. 마찬가지로 비싼 와인이 꼭 맛있는 와인은 아니지만 맛있는 와인은 무조건 비싸다. 이 같은 현실에서 중요한 것은 비슷한 가격이라도 최고의 퍼포먼스를 내는 '가성비 와인'을 찾아내는 것이다. 꼭 비슷한 토익 점수대에서 제일 영어 잘하는 실력자를 가려내듯. 물론 가성비 와인을 찾아내려면 새로운 것을 많이 마셔보고 경험해보며 내공을 키우는 수밖에 없다.

그런 면에서 '더 힐트' 와이너리는 경제적으로 풍족하지 않은 사람들도 미국 최고급 와인 맛을 간접적으로 경험해볼 수 있는, 존재 자체가 소중한 와이너리다. 미국에서 가장 비싼 와인 리스트에 늘 등장하는 나파 밸리 대표 컬트와인 '스크리밍 이글'의 자매 와이너리이기 때문이다. 스크리밍 이글의 와인 한 병 가격은 500만 원이 훌쩍 넘지만 명품이 그렇듯 돈이 있다고 쉽게 구할 수도 없다. 극소량만 생산하기 때문에 소장하면 시간이 지날수록 가격이 더 올라간다. 스크리밍 이글의 소유주는 미국의 부동산, 스포츠 재벌인 스탠 크론키. 그가 '보급형'으로 세상에 내놓은 게 더 힐트 와인이다. 10만 원대인 더 힐트 와인을 마실 때마다 "곳간에서 인심난다"는 옛말이 떠오른다. 더 힐트에서 생산하는 피노누아, 샤도네이 모두 강력 추천. 그중에서도 마치 사과 파이를 굽고 부엌으로 걸어 들어가는 느낌이 드는 샤도네이를 우선 추천한다!

한국인의 첫사랑, 칠레 와인

누구에게나 첫사랑 와인이 있다.

나의 경우에는 피노누아였지만, '첫사랑 와인'에
대한 질문을 한국인 전체로 확장하면 '칠레산 카베르
네 소비뇽'이라고 대답하는 사람이 대다수다. 묵직한
바디감, 강렬하고 풍부한 과실향, 약간의 단맛, 섬세
한 오크향, 부드러운 타닌 등이 특징인 칠레산 카베
르네 소비뇽은 국내 와인 시장이 막 형성되기 시작했

던 1990년대 후반부터 현재까지 오랜 시간 절대적인 인기를 구가하고 있다.

　대표적인 제품이 '국민와인'으로 불리는 '몬테스 알파'다. 칠레산 카소인 이 와인은 코로나19의 영향으로 집에서 즐기는 홈술 열풍이 불었던 2020년에만 무려 120만 병이나 팔렸다. "와인은 몰라도 몬테스 알파는 안다"는 말까지 있을 정도다. 이 와인을 생산하는 현지 와이너리의 수출량도 한국이 1위라고 한다. 같은 국가의 같은 스타일의 와인 '1865' 또한 전 세계 판매량 기준 한국 매출이 2위다. 이 정도면 한국인의 칠레산 카소 사랑은 국제적으로도 인정을 받았다고 볼 수 있을 것이다.

　한국인은 왜 수많은 와인 가운데 '진하고 강렬한' 칠레산 카소를 좋아하는 것일까?

먼저 음식 문화의 영향이다. 한국 음식은 대체로 양념이 진하고 강한 편이다. 매콤한 고춧가루를 듬뿍 뿌리거나 풍미가 깊은 참기름, 들기름 등을 아낌없이 넣은 메뉴가 많다. 이런 음식에 길들여져 음식에 지지 않는 강렬한 캐릭터의 와인을 선호하게 됐을 가능성이 크다.

반면 와인 시장의 규모가 아시아에서 가장 큰 일본에선 여리여리하고 가벼운 캐릭터의 피노누아나 화이트 와인 소비뇽 블랑이 인기가 많다. 일본 음식에 해산물이 많이 들어가고, (지역에 따라 다르지만) 강한 양념보다는 부드럽고 담백한 양념을 사용한 음식이 더 많기 때문이다.

우리나라 최초의 자유무역협정(FTA)인 한국·칠레 FTA의 영향도 한몫했다. 한국에 와인 문화가 본격적으로 형성된 시기는 1990년대 후반이다. 이 시기 칠레는 국가적으로 와인 산업을 키우기 위해 프리미엄 와인을 만들고 협회를 결성해 적극적인 해외 프로모션을 시작했다. 국내에선 소수의 와인 수입사들이 신생 국가 칠레의 가성비 좋은 와인을 들여와 소개하고 있었다. 그러던 중 2004년 FTA가 체결됐고, 칠레 와인에 적용하던 관세가 철폐되면서 한국 소비자들 사이에선 "칠레 와인=가성비 뛰어난 와인"이라는 인식이 생겼다. 그 덕분에 인생 첫 와인으로 칠레산 카소를 고르는 데 주저하지 않는 소비자가 자연스레 늘어났다.

'세대적 요인'도 있다. 초창기 국내 와인 시장을 이끌었던 소비자는 40대 이상의 남성이었고, 주로 4060 남성들이 진하고 강렬한 캐릭터의 술을 좋아하는 성향이 있어 칠레산 카소가 한국 와인의 표준으로 자리 잡았다는 분석도 있다.

환경은 변화하고 트렌드는 바뀐다. 코로나19의 영향으로 홈술을 즐기는 사람이 늘면서 '와인 대중화' 시대가 활짝 열렸다. 과거보다 훨씬 더 다양한 와인을 쉽고 저렴하게 구할 수 있게 된 덕분에 요즘 소비자들은 더 이상 칠레산 카소만을 고집하지 않는다. 가볍게 마실 수 있는 화이트 와인의 소비량도 팬데믹 기간에 평균 약 30%나 증가했다. 오크향이 강한 미국 와인, 타닌이 강한 보르도 와인 등 자신의 취향을 찾아 다양한 와인을 경험하려는 와인러버도 흔해졌다.

술은 추억의 BGM이라고 생각한다. 특정 와인을 보면, 그 와인을 함께 마신 사람들과 그때의 내가 떠오른다. 국내 와인 시장 규모가 커져 이제는 선택지가 다양해졌다. 오히려 '와인 홍수' 속에 살고 있다는 느낌도 들지만 '첫사랑'만큼은 잊히지 않는 법이다. 처음 마셨던 와인, 언제 어디서 누구와 마셔도 즐겁

게 마실 수 있는 와인, 와인에 대한 호기심을 불러일

으킨 와인. 그런 와인과 추억을 가슴에 품고 살아간

다는 건 술꾼으로서 누릴 수 있는 축복이 아닐까.

몬테스 알파 블랙라벨
Montes Alpha Black Label

국민와인으로 불리는 몬테스 알파의 상위 와인. 누적 판매 천만 병을 기록한 한국 시장을 겨냥해 몬테스에서 만든 와인이라 해도 과언이 아니다. '블랙라벨 카베르네 소비뇽'은 칠레 최고의 프리미엄 레드 와인 생산지인 콜차구아 밸리에서 생산된다. 기존 몬테스 알파보다 수확 시기를 일주일 연장해 더욱 응축된 과실 아로마와 실키한 타닌이 매력적이다. 몬테스 알파보다 4개월 더 긴 16개월 동안 프렌치 오크에서 숙성 과정을 거쳐 토스티한 풍미와 크리미한 질감이 배가 됐다. '몬테스 알파'가 첫사랑인 한국인이라면 믿고 마셔볼 만한 업그레이드 버전의 몬테스 알파다!

Part 2

됫병이 맛있는 이유

먹보들의 사이즈

몇 해 전 서울 마포구의 한강 난지 캠핑장에서 천국과 지옥을 오고 갔다. 총선인지, 지방선거 보궐선거인지 하여간 무슨 투표일이었던 것 같은데 만취해 집에 실려 들어갔기 때문에 기억이 흐릿하다. 다만 이날은 국내 식음료 업계에 종사하는 관계자들이 '투표일=빨간 날'임을 이용해 작정하고 낮부터 모여 주지육림 파티를 펼친 날이었고, 우리는 모두 배가 터질 때까지 먹고 마시고 정신을 잃었다는 것만큼은 확실하다.

나는 술과 음식에 대해 글을 쓰는 사람이다. 평소 다녀볼 만큼 다녀보고, 먹어볼 만큼 먹어봤다 자부해왔다. 하지만 살면서 그렇게 많은 양의 고기와 술을 미친 사람처럼 먹어 재낀 괴이한 경험은 처음이었다. 파티 참가자는 약 50여 명. 기본 회비 외에 각자에게 부여된 역할이 있었다. 고기 유통업자는 최상급 돼지고기와 숯을, 주류회사 직원은 특별한 술을, 셰프들은 불을 조절해 당일 준비된 최상급 식재료를 굽고 찌고 끓여 환상의 맛을 내는 것이었다.

일과 삶의 균형을 중시하는 워라밸 시대에 정상인이라면 쉬는 날에는 되도록 일과는 관련이 없는 여가 생활을 즐기며 주중 풀가동한 뇌에 휴식을 주려고 할 것이다. 하지만 식음료 업계 종사자들은 보통사람과 '결'이 다른 것 같다. 이들은 일과 휴식의 경계가 없는 '일 중독자'임이 분명하다. 퇴근을 해도 뭘 어떻게 먹고 마셔야 맛있을까, 행복할까를 고민한다. 술자리에선 먹고 마시면서 먹고 마시는 것에 대해 먹은 것을 다 토하기 직전까지 떠든다. 한마디로 '찐 돼지, 찐 먹보'들이다. 먹고 마시는 것이 인생에서 너무 중요하고, 말로 표현할 수 없을 만큼 사랑하기에 그런 직업을 가진 것이다.

특히 주류회사 직원들의 '덕업일치'를 지켜보고 있으면 매우 놀랍다. 이들은 출근하면 아침부터 회사에서 각종 술을 테이스팅하고, 술을 공부하고, 마케팅 전략을 짜고, 영업을 뛰고, 시음회를 열고, 저녁에 또 술자리에서 술을 마시고 가끔 홈술도 한다. 술을 진정으로 사랑하고, 술의 매력을 제대로 알지 못하면 애초에 할 수가 없는 일이다. 또 '식욕'이라는 본능에 충실해 살아가기에 흥과 끼가 넘치는 사람들이 많다.

'끼리끼리' 모였으니 술맛이 없을 리 없고, 재미는 200% 보장이다. 솔직히 이건 자만이 아니라, 대한민국 언론계 역사상 나처럼 잘 먹는 여자 사람 기자는 지금까지 없었다. 업계에서 인정받는 '찐 돼지'로서 당당하게 참석한 내가 이날 만취한 건 '찐 먹보'들이 가져온 술 때문이었다. 완벽하게 수비드해 육즙이 팡팡 터지는 이베리코 목살구이에 새롭고 신기한 술들을 한잔 두잔 곁들이다 보니 어느 순간 '고삐 풀린 돼지'가 되어 있었다.

나를 유독 홀린 술은 '매그넘 사이즈'로 불리는 '됫병 와인'이었다. '됫병'은 한 되를 담을 수 있는 분량의 병을 뜻한다. '되'는 부피를 재는 단위로, 한 되는 약 1.8리터에 해당한다. 술꾼이라면 술자리에서 "술은 역시 됫병이지…"라는 말을 들어봤을 것이다. 이왕 마시는 술, 큰 병에 담긴 술을 큰 잔에 따라 벌컥벌컥 마시며 취하는 술자리가 더 화끈하고 즐겁고, 맛있다는 뜻에서 나온 말이다. 과거 국내에서 1970~1980년대까지만 해도 흔하게 출시됐던 1.8리터짜리 소주병을 '됫병 소주'라고 불렀는데 술꾼들이 자주 뱉는 이 말은 여기서 유래한 것이 아닐까 추정된다.

술꾼이어서가 하는 말이 아니라, 이상하게 이날 '됫병 와인'이 무척 맛있게 느껴졌다. 분위기에 취해 같은 술도 더 맛있게 느껴지는 술자리 특유의 느낌적인 느낌이 아니었다. 일반 용량의 와인에 비해 와인의 맛, 수준 차이가 확연히 달랐다. 더 신기했던 것은 이 와인이 특별히 비싸거나 구하기 어렵거나 생소한 와인도 아니었다. 한국에서 가장 많이 팔리는 와인 가운데 하나인 '몬테스 알파'의 매그넘 사이즈일 뿐이었다.

타닌은 부드러웠고 과실향은 강렬했다. 내가 아

는 그 맛보다 몇 배는 더 맛있어서 하염없이 와인이 들어갔다. 자고로 술자리의 진정한 간지는 물을 마시지 않는 것이다. 나는 이성을 잃고 몬테스 알파 매그넘을 생수 마시듯 들이켰다. 결국 다음날 지독한 숙취 지옥에서 김정일, 후세인, 카다피 등 악랄한 지도자들을 만나는 꿈을 꾸었다. 날 지옥 속에 빠뜨린 이 와인을 가져온 그 먹보는, 그날의 음수로 다음과 같은 지식을 얻었으므로 용서해주기로 한다.

됫병 와인의 비밀

사실 '됫병 와인'은 과학적으로 증명된 타당한 이유로 일반 용량의 와인보다 훨씬 더 맛있다. 희석식 소주는 순수 알코올을 물에 타서 갖은 감미료를 넣은 인공적인 술이기 때문에 팩이든 작은 병이든 페트병이든 됫병이든 맛의 차이가 없다.

하지만 발효주인 와인은 다르다. 와인의 병 사이즈에 따른 '맛 차이'는 와인을 병입할 때 들어가는 '산소의 양'에서 비롯된다. 매그넘 사이즈의 병에는 일반 사이즈의 병보다 2배 더 많은 와인이 들어 있지만, 와인과 코르크 사이에 끼는 산소의 양은 큰 차이가 없다. 매그넘 사이즈 와인을 병입할 때 들어가는 산소의 양이 와인의 양 대비 더 적다는 뜻이다. 보통 발효주는 산소와 접촉하는 순간 맛이 쉽게 변하는 성질을 갖고 있다.

매그넘 사이즈의 산소가 적다는 것은 곧 와인의 산화 속도가 일반 병에 비해 두 배 더 느리다는 의미다. 천천히 숙성돼 와인의 신선도, 산도, 과실향의 밸런스가 오랫동안 유지되고, 저장하기에도 더 유리하다. 실제로 병에서 2차 숙성을 하는 샴페인은 매그넘 사이즈가 와인의 풍미를 더 높여주기 때문에 좋은 제품이라 판단되면 품질 유지를 위해 매그넘 사이즈로만 와인을 출시하는 생산자들도 많다. 와인 한 세트에 수천만 원에 이르는 프랑스 럭셔리 샴페인의 대명

사 '살롱 S'가 대표적이다.

이론을 알고 나니 매그넘 사이즈와 일반 사이즈 와인을 비교 시음해보고 싶어졌다. 알코올 중독 수준인 친구 한 명을 집으로 초대해 칠레 코노수르 와이너리의 '20배럴' 카베르네 소비뇽 2017년 빈티지 와인을 각각 한 병씩 놓고 동일한 조건에서 시음했다. 먼저 일반 사이즈의 20배럴을 마셨다. 자두, 블

루베리 등 검붉은 과일향과 약간의 흙내음, 스모키
향이 올라왔다. 적당한 타닌감이 느껴져 잘 구운 소
고기 한 점이 떠올랐다. 맛있는 와인이다.

　이어서 매그넘 사이즈에서 따른 와인 잔을 코에
갖다 댔는데 폭발적인 과실향에 눈이 휘둥그레졌다.

　"같은 와인인데 이렇게 다르다고?"

　함께 시음한 친구도 "매그넘이 더 맛있다는 걸
알고는 있었지만, 비교 시음을 하니 확연한 맛의 차
이가 느껴진다"며 놀라워했다. 와인을 입에 한 모금,
두 모금 담고 삼켰다. 타닌은 일반 사이즈에 담긴 와
인보다 훨씬 부드러웠고, 입에 닿는 느낌도 전반적
으로 더 몽글몽글해졌다. 비교하면 일반 사이즈의
와인은 털이 박힌 복숭아를 껍질째 먹는 느낌이고,
매그넘 사이즈의 와인은 껍질을 벗긴 달콤한 복숭아

알맹이를 쏙 빼먹는 것 같았다.

안타깝게도 매그넘 사이즈의 가격은 일반 와인에 비해 조금 더 비싼 경우가 많다. 원칙적으로 따지면 좀 더 많은 양이 들어 있는 와인을 사는 것이 일반 와인보다 저렴해야 하는데 매그넘 사이즈에는 그런 소비의 법칙이 적용되지 않는다. 거의 모든 와이너리에서 매그넘 사이즈를 출시하긴 하지만, VIP 고객을 위한 이벤트성(비매품) 출시이거나 마니아들을 위한 소량 출시가 대부분이기 때문이다. 한 마디로, 수요는 많은데 공급이 적은 것이다.

또 매그넘 사이즈는 병값 자체가 일반 사이즈보다 비싸다고 한다. 생산량 또한 적어서 유통업체 입장에서는 매그넘 사이즈 와인의 물량을 확보하는 것이 일이다. 매그넘 사이즈가 매장에 풀리면 무조건 '완판' 행진을 하는 이유다.

그래서 결론,

"술꾼들은 단순히 술을 더 많이 마실 수 있다는 이유로 '됫병'을 좋아하는 것이 아니다. '됫병'이 정말로 더 맛있기 때문에 좋아하는 것이다. 술은 무조건 커야 한다. 커야 맛있다. 과거에도 현재도, 먼 미래에도 술은 역시 '됫병'이다."

샤또 도작 매그넘
Château Dauzac Margaux Grand Cru Classé Magnum

와인앤모어 청담점에 진열된
샤또 도작 매그넘 사이즈.
왼쪽은 1989 빈티지,
오른쪽은 1990 빈티지.

신세계그룹이 와인 수입업을 시작한 건 2008년 신세계L&B라
는 이마트의 자회사를 설립하면서부터다. 업계에서는 후발 주자
이지만, 정용진 신세계그룹 부회장처럼 짧은 시간 안에 빠르게 영
향력을 끌어올린 이도 없을 것이다. 초창기 거대한 유통사인 모 기
업에 와인을 공급해 먹고 살았던 신세계L&B는 포트폴리오를 확장

하면서 '와인앤모어'라는 자체 유통 브랜드를 키우며 경쟁력을 강화해 최대 수입사로 자리매김했다. 2021년에는 신세계프라퍼티가 미국 캘리포니아 나파 밸리에서 최고급 와인으로 분류되는 컬트 와이너리 '셰이퍼'를 약 3천억 원에 인수해 업계를 깜짝 놀라게 했다. 10년 전 그가 언급한 '카멜로드'는 아직도 '정용진 와인'이라는 이름으로 팔리고 있다. 정 부회장이 개인 인스타그램에 올리는 음식과 와인 사진들도 뜨거운 관심사다.

성 부회장이 와인을 사기 위해 즐겨 찾는 곳은 서울 강남구의 와인앤모어 청담점이다. 그의 취미는 가까운 지인들을 개인 키친 공간에 초대해 직접 만든 요리와 와인을 나누는 것인데, 청담점 인근에 정 부회장의 '놀이터'가 있어 모임이 있을 때마다 청담점 매장을 찾아 와인을 쓸어간다는 후문이다. 그는 평소 프랑스 보르도와 부르고뉴, 미국 나파 밸리를 비롯해 국가와 품종을 가리지 않는 '헤비 드링커'로 알려졌다.

그런 그가 최근에는 프랑스 보르도 올드 빈티지 와인에 부쩍 빠진 듯하다. 소식통에 따르면 최근 샤또 도작 매그넘 사이즈인 1989, 1990 빈티지 두 병을 사간 뒤 얼마 지나지 않아 다시 매장을 찾아 1990 빈티지를 한 병만 남기고 모두 구매했다고 한다.

샤또 도작은 보르도에서 가장 우아한 레드 와인을 생산하는

'마고 마을'에 위치한 와이너리다. 달지 않은 커런트향, 정향 등이 풍부하다. 흙과 젖은 잎, 도서관 책 냄새 같은 숙성 향도 잘 녹아 있다. 보르도 와인의 기본 숙성 시간은 병입한 뒤 20년. 오랜 시간이 흐른 매그넘 사이즈 올드 빈티지 와인은 다른 뒷병 와인보다 '뒷병 효과'가 더욱 뛰어날 수밖에 없다. 기회가 된다면, 보르도 올드 빈티지의 매그넘 사이즈 와인을 마셔보는 경험을 해보면 어떨까.

Part 3

내추럴 와인에 빠지다

돼지 농장 대표의 돼지 와인

술을 마시면 마실수록 기억력을 상실한다. 안타 깝다. 이게 잦은 음주 탓인지, 내일모레 마흔이라는 나이 때문인지는 잘 모르겠지만 어쨌든 과거로 돌아 간다 해도 드라마 <재벌집 막내아들>의 주인공 진도 준처럼 막대한 돈을 쓸어 담을 자신이 없다. 불과 엊 그제 과음한 뒤 '술밥'으로 간장계란밥에 라면을 끓 여 먹고 잔 것조차 기억이 안 나기 때문이다. 다음날 바람 가득 넣은 풍선처럼 부풀어 오른 얼굴과 라면 국물 자국이 남은 싱크대, 달걀 껍데기 등이 담긴 쓰레기봉투를 보고 추정할 뿐이다.

"심 기자님, 맥주보다는 와인이 더 위대한 술이에요. 언젠가는 내 말을 이해하게 될 겁니다."

블랙아웃이 일상이고 한번 본 얼굴은 잘 기억하지 못하는 내가 그날 들은 충격적인 말은 또렷하게 기억이 난다. 2017년 봄이었다. 당시 신생 산업군이었던 한국의 수제 맥주를 취재하면서 크래프트 맥주의 전도사를 자처하고 다닐 때였다. 그렇게 '크래프트 정신'에 취해 있던 어느 날이었다. 홍대입구역 근처의 한 레스토랑에 BYOB(Bring Your Own Bottle) 모임이 있어 나갔는데, 처음 보는 얼굴이 여럿 있었다. 이 가운데 이도헌 성우농장 대표 옆자리에 앉게 됐다.

이 대표는 내공이 상당한 와인 마니아인 동시에 성공한 글로벌 금융인 출신이라는 화려한 경력을 갖고 있었다. 1990년대 미국 뉴욕에서 헤지펀드 운용에 참여하며 당시 첨단 금융기법을 일찍 접했을 만큼 세상 돌아가는 흐름을 빨리 읽었다. 그렇게 국제 금융 전문가로 이름을 날리다 업계를 떠나 양돈업으로 방향을 틀었다. 돼지들과 함께 새로운 인생을 살고 있던 어느 날, 저녁 자리에서 나를 만난 것이다. 그는 국내 최초로 사물인터넷(IOT) 기술을 돼지 사육에 적용해 스마트 방식으로 농장을 운영하고 있었다. 여러 분야를 거친 경험과 지식이 풍부하고, 인품 또한 뛰어나 여러 가지로 배울 점이 많은 훌륭한 어른이었다.

그가 좋은 사람이라는 건 200% 인정한다. 하지만 왜, 처음 만난 나에게 "와인이 더 좋은 술이다. 언젠간 와인으로 넘어가게 될 것"이라는 도발을 한 것일까. 특히 스스로 수제 맥주의 영웅이자 전도사이자 업계의 '1타 기자'라는 뽕에 취해 있던 터라 나는 발끈할 수밖에 없었다.

우선 웬 초면인 아저씨가 자기가 좋아하는 술이 옳다고 강요하는 것처럼 느껴졌다. 당시 나는 사람이 구상한 맛을 사람의 힘으로 구현해낼 수 있는 크래프트 맥주가 지구상 가장 자유로운 술이며, 자유로운 술이 곧 위대한 술이라고 굳게 믿고 있었다.

"아닌데요? 무슨 소리세요? 맥주가 가장 위대한 술이에요. 제가 와인을 더 좋아하게 될 일은 없을 겁니다. 대표님은 틀렸어요."

술이 다 뭐라고, 나는 명절에 정치 이야기를 하다가 서로 싸우는 친척 아저씨들처럼 '술 이야기' 따위에 흥분했다. 기 싸움에서 밀리기 싫어 그의 얼굴을 정면으로 응시했다. 그는 전혀 신경 쓰지 않았다. 오히려 온화하게 '아빠 미소'를 지으며 와인 목록을 훑어보더니 새 와인을 주문하며 말했다.

"이 와인으로 시작한다면 좋을 거 같네요. 그리고 우리 1년에 한 번씩 만나 와인을 마시죠. 그때마다 점검하겠습니다. 심 기자의 생각이 얼마나 바뀌었는지. 하하하."

그날 그가 '크래프트 맥주 신봉자'에게 건넨 와인은 프랑스의 내추럴 와인 생산자 필립 잠봉이 생산과 양조에 관여한 '윈 트랑슈'라는 내추럴 와인이었다.

내추럴 와인이란, 포도 재배부터 와인을 만드는 양조 과정까지 인위적인 행위를 하지 않는 와인을 뜻한다. 쉽게 말해 포도를 농사지을 때는 현대식 농기계나 화학비료, 농약을 전혀 사용하지 않고 사람이 손수 농사지어 얻은 포도를 손으로 수확한다. 포도 즙이 술로 바뀌는 발효 과정에서도 포도에 붙어 있거나 와이너리 내에 서식하는 자연 효모만을 이용한다. 최종 병입 시에 산화를 방지하는 데 필요한 최소한의 이산화황 외에는 첨가물을 일절 넣지 않는다. 당연히 대량 생산이 어렵다. 이런 와인을 만들 때 사람이 할 수 있는 일이란 와인에 개입하지 않는 것이다. (최근의 내추럴 와인 생산자들은 땅에 적극적으로 개입한다. 다양한 식물과 미생물이 공존하는 밭에서 자란 포도가 강건하다는 생각에, 오랫동안 농약으로 병든 땅을 예전으로 돌려놓기 위한 것이다.)

땅(자연)에 사는 이로운 미생물들을 통해 깨끗한 포도를 수확하는 것, 그런 포도를 자연 속 효모에 맡겨 술로 변화시키는 것. 그뿐이다. '사람의 힘으로 어떤 맛이든 구현할 수 있는 맥주'와는 정반대 지점에 있는 술이었다.

그날 마신 원 트랑슈에서도 '살아 있는 느낌'이 났다. 과실향은 강건하고 신선하게 넘쳐흘렀고, 산미가 좋아 마시면서도 침이 계속 고였다. 반항심이 한껏 발동해 입으로는 "맥주가 짱! 와인 꺼져"라고 외치면서도 30분 만에 그가 주문한 와인 한 병을 혼자서 다 비워버리고 말았다. 말에는 힘이 없다. 행동만이 사람의 진심을 보여줄 뿐이다.

그로부터 6년 뒤. 그가 맞았다. 나는 와인이 가장 위대한 발효주라고 생각한다. 맥주의 맛이 더 떨어진다는 뜻이 아니다. 인생의 가치관이 달라졌기 때문이다. 단순히 그날 마신 와인이 맛있어서는 아니다. 이후에도 엄청난 양의 맥주를 마셨고, '술 기자'로 활동하며 다양한 술을 마셨다. 늘 술과 함께했다. 기쁜 날, 행복한 날, 분노한 날, 이별한 날, 억울한 날, 사랑에 빠진 날, 배신당한 날… 어느 날에나 내 곁에는 술이 있었다.

어느 순간 알아버렸다. 인생이라는 것 자체가 실은 고통이라는 것을. 내 뜻대로 되는 게 별로 없다는 것을. 30대 초반까지만 해도 원하는 것은 다 가질 수 있을 것만 같았다. 뜻하는 바도 무조건 이룰 수 있다고 믿었다. 밑도 끝도 없는 자신감과 에너지가 넘쳤다. 타고난 단점조차 내 의지로 고칠 수 있을 줄 알았다. 타인의 마음은 나와 비슷할 것이라 생각했다. 종종 먼저 베풀고 나서 기대를 했다. 내려놓는다는 의미를 잘 몰랐다. '사람이 머릿속에 구상하는 맛을 사람(양조사)의 의지와 레시피로 구현하는 크래프트 맥주가 가장 위대하고 멋진 술이라고 확신하면서, 인생도 마찬가지라고 믿었다.

조금 더 살아보니 인생이라는 게 꼭 그렇지만은 않았다. '나'라는 사람을 있는 그대로 받아들이고, '꺾이지 않는 마음'으로 최선을 다하되, 결과는 운명에 맡기는 것. 아무리 농부가 열심히 포도를 길러도 자연적으로 형성된 테루아(terroir)의 특성이나 매해 달라지는 날씨를 이길 순 없고, 내가 살아 숨 쉬는 주변 공기 속의 효모가 그해의 포도즙을 어떻게 와인으로 바꿀지 예측할 수 없는 것처럼 인생도 그랬다.

다만 나는 묵묵하게 나의 역할에 집중하고, 하루하루 할 수 있는 일을 할 뿐이었다. 인생이 길게 보면 고통이라는 것을 충분히 숙지하고 있지만, 짧은 순간에 스치는 행복을 온몸으로 느끼고 흡수해 삶을 버텨낼 에너지로 삼는 것이 곧 내 삶이었다.

그게 인생이고 와인이라는 깨달음을 얻은 순간, 나는 그의 손을 들어줄 수밖에 없었다. 이후 와인의 세계에 걷잡을 수 없이 푹 빠져버린 요즘 나는 '제국주의자'라는 새 장래 희망이 생겼다. 새로운 와인을 마실 때마다 해당 와인이 생산된 땅을 정복한다는 마음으로 마시고 있다. 이 뜨거운 열정이 얼마나 갈지는 모르겠지만, 이 기세라면 적어도 '해가 지지 않는 나라' 영국보다 더 위대하고 광활한 '와인 제국'을 건설하는 것은 시간문제라고 생각한다.

윈 트랑슈
Une Tranche

　　필립 잠봉의 윈 트랑슈 시리즈는 라벨의 돼지 그림 때문에 '돼지 와인'으로 불린다. 와인 메이커 필립 잠봉의 성인 '잠봉(jam-bon)'이 프랑스어로 돼지 뒷다리를 가공한 햄을 뜻하기도 하는데, 이를 살려 라벨에 익살스럽게 그려 놓은 것이다. 내추럴 와인에 처음 입문하는 사람들이 많이 찾는 와인으로 기분 좋은 과실향과 탄탄한 바디감이 으뜸이다. 사실 필립 잠봉은 이 와인을 직접 만들지는 않았다. 생산은 그와 친분이 있는 와이너리에서 한다. 그는 단지 포도밭을 경작하고 양조 과정을 도우며 조언할 뿐이다. 워낙 극소량으로 생산하기 때문에 진짜 필립 잠봉이 만드는 와인은 프랑스 현지에서도 구하기가 매우 힘들다. 《내추럴 와인메이커스》에 담긴 그의 인터뷰에 따르면, 그는 자신이 만족할 만한 수준까지 와인이 숙성되지 않으면 3~5년은 기본이고 10년 이상도 더 숙성을 한다. 어쩌면 윈 트랑슈 시리즈는 자신의 와인을 애타게 기다리는 팬들을 위해 '보급형'으로 만든 팬서비스일지도 모른다.

내추럴 와인과 크래프트 맥주

술꾼들에게 '주종'을 바꾸는 것은 종교를 바꾸는 것만큼이나 큰 사건이다. 보통은 특정 장르의 술을 질리도록 마셨다거나, 인생의 큰 변곡점을 만났을 때 주종을 바꾼다. 크래프트 맥주 신봉자였던 내가 결국 주종을 '와인'으로 바꾸게 된 건 입문 당시 접한 내추럴 와인의 역할이 컸다. 보통은, 컨벤셔널 와인(산업화된 기성 와인)을 통해 입문하는 것이 일반적이지만 나는 내추럴 와인 덕분에 와인 자체가 좋아졌다. 전 세계 와인 업계에서 내추럴 와인은 주류가 아니다. 생산량조차 적어서 대세가 될 수도 없다.

2010년대 중반 내추럴 와인이 한국에 처음 소개될 무렵에는 와인 꽤나 마신다는 마니아들 사이에서도 개념부터가 생소한 술이었다. 오히려 와인 지식이 풍부한 마니아보다는 크래프트 맥주를 잘 이해하고 좋아하는 팬층이 내추럴 와인을 빨리 받아들였다. 왜일까?

내추럴 와인과 크래프트 맥주는 장르도 전혀 다른 술이지만, 각각이 지향하는 가치부터 맛까지 비슷한 점이 많다. 먼저 자연 발효를 한다는 점에서 내추럴 와인은 '와일드 에일'이라고 불리는 사우어 맥주와 닮았다. 자연 발효란 맥주의 경우 맥즙에 인공 효모를 넣지 않는 것이고, 와인의 경우 포도즙에 인공 효모를 넣지 않는 것이다. 이후, 주변 공기나 오크통에 서식하는 야생 효모를 이용해 액체가 술로 변화하기를 기다린다.

공통된 맛이나 향도 있다. 일부 사우어 맥주와 내추럴 와인에선 야생 효모 특유의 산미와 쿰쿰함을 느낄 수 있는데 이는 '브렛'(Brett)향 때문이다. 브렛이란 '브레타노미세스'(Brettanomyces)라는 야생 효모의 줄임말이다. 브렛향을 맥주 업계에서는 맥주의 한 장르로 허용하는 반면, 컨벤셔널 와인 업계에서는 향이 나서는 안되는 '오프 플레이버'(off flavor)로 분류한다.

컨벤셔널 와인이 브렛향을 허용하지 않는 이유는 대량 생산 시스템과 직결된다. 편의점이나 대형 와인 가게에서 쉽게 구매할 수 있는 컨벤셔널 와인을 만들 때는 품질을 조절하기 위해 제초제와 살충제를 사용하고, 기계로 수확한다. 양조할 때도 인공 배양한 효모를 넣는다. 원래 포도 껍질에는 포도의 당을 먹고 사는 효모가 붙어 살기에 원칙적으로 와인을 만들 때는 효모를 넣을 필요가 없다. 포도를 으깬 즙을 온도 조절하며 세심하게 지켜보기만 해도 와인이 될 수 있다는 얘기다. 인류가 공기 중에 떠다니는 효모를 처음으로 관찰하고, 분리 배양했던 때가 1680년이니 이전에 생산된 모든 와인과 맥주는 모두 자연 발효, 즉 야생 효모를 이용해 만들어진 것이다. 내추럴 와인을 와인의 '오래된 미래'라고 부르는 이유다.

하지만 제초제와 살충제를 사용해 재배한 포도는 껍질의 효모가 쉽게 죽어버린다. 술이 되는 데 필요한 효모가 부족하다. 인공 배양한 효모를 더 넣어야만 술이 될 수 있다. 이 과정에서 야생 효모의 특징인 브렛향은 날 수 없다. 살충제 등으로 효모를 완벽하게 제어하는 컨벤셔널 와인에서 브렛향이 난다면 깨끗하게 소독되지 않은 장비나 오크통 등에서 오염

된 것이다. 그러니 컨벤셔널 와인을 공부하며 오랫동안 마셔온 사람보다 크래프트 맥주의 다양성에 익숙한 이들이 내추럴 와인의 맛을 빠른 속도로, 거부감 없이 받아들일 수밖에 없다.

내추럴 와인과 크래프트 맥주의 붐이 일어나게 된 원인도 비슷하다. 바로 개성이 사라진, 천편일률적인 술을 생산하는 산업화에 저항하기 위한 정신과 같다. 세상의 모든 트렌드는 결핍에서 비롯된다. 미국에서 1980년대 크래프트 맥주가 생겨난 건 버드와이저류의 대기업 라거 맥주가 시장을 장악했던 환경 탓이 컸다. 사람들은 새롭고 다양한 맥주를 갈망했고, 마침 홈브루잉(자가양조)이 전격 허용되면서 소규모 맥주 시장이 활기를 띠었다.

한국에 외국 크래프트 맥주가 처음 상륙한 시점은 2012년이다. 당시 국내 맥주 시장을 독점하던 대기업의 맥주에 질린 일부 소비자들이 다양한 재료를 활용해 창의적인 레시피로 새로운 맥주 스타일을 만들어내는 크래프트 맥주에 열광했다. 이후 소규모 양조장도 외부로 유통할 수 있게 하는 주세법 개정안이 국회에서 통과되면서 국내 크래프트 맥주 산업은 꽃을 피우게 된다. 게다가 초창기에는 트렌드에 예민한 젊은 세대가 특히 좋아해 '힙스터의 술'로 여겨지기도 했다.

내추럴 와인은 1970년대 무렵, 유럽에서 처음 '자연주의 와인' 운동이 벌어지면서 천천히 전 세계로 확산됐다. 내추럴 와인이 이전에 존재하지 않았던 것은 아니다. 인류는 원래 내추럴 방식으로 와인을 만들어 마셔왔다. 프랑스 부르고뉴에서 가장 비싼 와인으로 통하는 로마네 꽁띠나 최고의 샴페인하우스 가운데 하나로 꼽히는 자크 셀로스 등은 처음부터 내추럴 방식으로 와인을 만들었고, 현재도 같은 방식을 고집하고 있다. 물론 이는 소량 생산하는 구조이기에 가능한 일이다.

1970년대부터 본격적으로 와인 산업이 세계화하고 규모가 커지자 업계의 비즈니스 맨들은 일정 수준의 똑같은 맛을 내는 대량 생산에 초점을 맞추게 됐다. 프랑스의 마스터 오브 와인 이자벨 르쥬롱도 저서 《내추럴 와인》에서 "오늘날 기성 와인은 농약

내추럴 와인 운동가 이자벨 르쥬롱. 내추럴 와인 업계의 상징적인 인물이다. 그는 전 세계에 약 300명만이 존재하는 컨벤셔널 와인 최고 전문가 '마스터오브와인'(MW) 출신임에도 내추럴 와인에 매료돼 내추럴 와인의 개념을 정립한 책을 쓰고, 런던, 뉴욕 등에서 내추럴 와인 페스티벌을 개최하는 등 글로벌 내추럴 와인 전도사로 활동하고 있다.

이 투입된 식품공업의 산물이 됐다"고 지적한 바 있다. 크래프트 맥주와 내추럴 와인 인기의 핵심은 결국 지역에서 소량 생산해 술의 개성을 드러내는 데 있고, 이는 대규모 시장에서 획일화된 기성 산업에 대한 반작용의 결과물이라는 공통점이 있다.

술을 마시면서 생산자의 철학을 느낄 수 있다는 점도 공통된 매력이다. 프랑스 루아르 지역에서 내추럴 방식으로 와인을 생산하는 알렉산드르 방은 "내추럴 와인을 만드는 일은 단순히 와인을 양조하는 것이 아니라 삶의 방식을 택한 것"이라고 말한다.

와인을 내추럴 방식으로 양조하는 것은 삶의 철학이자 '라이프스타일' 이라고 말하는 프랑스 루아르 지역의 스타 생산자 알렉산드르 방(오른쪽).

자신의 일과 삶에 대한 철학이 확고하다. 내추럴 와인 생산자들은 사람의 손길 없이도 땅에 다양한 식물이 잘 자라날 수 있는 균형적 환경을 조성하는 것을 가장 중요하게 생각한다. 생물 다양성을 추구하는 것이다. 크래프트 양조사들도 맥주에 다양한 부재료를 넣거나 위스키, 와인 오크통에 숙성시키는 등 끊임없는 실험을 통해 다양성을 추구하고, 구현한다. 소비자들은 새로운 스타일의 맥주를 마시며 양조사의 의도를 엿볼 수 있다.

좋은 술은 여행하지 않는다

여행을 갈 때마다 술을 안 마시면 마치 누가 때리기라도 할 것처럼 죽을 각오로 폭음을 한다. 집을 떠나면 낯선 곳의 지역 음식과 술을 먹는 재미가 솔직히 전부라고 생각한다. 숙취로 호텔 방에서 변기를 붙잡고 속을 게우다가 "차라리 누구한테 맞는 것이 건강에 더 이로울 것 같다"는 생각이 들어 종종 자괴감에 빠지기도 하지만 맛있는 술을 좋은 사람들과 함께 마시는 순간만큼 자극적이고 행복한 일은 없다.

지난해 가을에는 프랑스 파리에서 열리는 국제 식품박람회로 출장을 가서 일주일 내내 하루 평균 네 병의 와인을 마시기도 했다. 내추럴 와인으로 와인에 입문했지만, 내추럴 와인이든 컨벤셔널 와인이든 가리지 않고 마신다. 어차피 인생은 짧다. 맛있는 술이라면 일단 입에 넣고 보는 것이 이득이다.

　　그렇다. 나는 '범술론자'다. 이 책을 많이 팔기 위해서 하는 이야기는 아니고 정말로 모든 술이 나름의

프랑스 파리에 있는
지인의 집에서 머물며
일주일 동안 마신 술.

의미가 있고, 고유의 가치가 있다고 믿는다. 내추럴 와인만이 옳다고 주장하는 신봉자도 아니고, 컨벤셔널 와인을 고집하는 극보수주의자와는 더더욱 거리가 멀다. 하지만 양쪽의 주장을 충분히 존중한다. 순수하게 술을 사랑하는 내게는 그저 맛있는 와인이 장땡이다.

하지만 와인 업계에선 마치 진보와 보수의 좁혀지지 않는 견해처럼 '내추럴 와인 vs 컨벤셔널 와인' 논쟁이 팽팽하게 엇갈린다. 양측이 SNS상에서 서로 싸우다가 인간관계가 파탄이 나고 서로를 아예 안 보는 사이가 된 경우도 종종 봤다. 내추럴 와인파는 "신체에 좋지 않은 영향을 미치는 각종 첨가물이 들어간 와인은 진정한 와인이 아니다. 와인의 본질적 가치는 사람이 마시기 위함에 있다"고 주장한다.

반면 컨벤셔널 와인파는 "내추럴 와인의 철학은

인정하지만, 와인이 이미 전 세계적으로 사랑받는 현실에서 진정 소비자를 위하는 길은 와인 품질을 균일하게 유지하는 것이며 이를 위해 첨가물을 넣는 것이 첨가물 없이 맛이 변질된, 심지어 맛도 없는 내추럴 와인을 마시는 것보다 낫다"고 핏대를 세운다. 양쪽 다 일리 있는 주장이다. 정답은 없다. 와인을 마시는 소비자로서 어떤 가치에 더 중점을 두느냐에 따라 다를 것이다. 세상에는 좋은 술과 더 좋은 술이 있을 수 있고, 이 기준은 사람마다 다를 테니까.

광란의 홈파티에서 마신 와인. 맨 앞의 '셀레네'는 매그넘 사이즈의 두 배인 더블 매그넘 사이즈로, 프랑스 보졸레 지역의 해당 와이너리에 방문한 기념으로 생산자에게 직접 받았다. 이런 특별한 와인을 앞에 두고 해야 할 일은? 이게 내추럴인지 컨벤셔널인지 따지지 말고 목구멍을 열고 무조건 한 모금이라도 더 많이 마시는 것이다.

솔직히 말하면, 이런 논쟁을 하느니 맛있는 술을 한 모금 더 마시든가, 사람들이 논쟁에 한눈 팔린 사이 맛있는 와인을 확보하는 게 현명하다고 생각한다. 양측이 팽팽하게 맞설 때는 영혼을 잠시 버리고 옆에서 "그래 그래, 니 말이 무조건 맞아"하고 거들어주면서 기분을 맞춰준 다음 좋은 와인을 오픈하도록 유도해 얻어 마실 기회를 마련하는 것도 술꾼으로서 살아가는 지혜일 것이다.

모든 술을 마다하지 않는 내가 딱 하나 원칙을 고집한다면, "좋은 술은 여행하지 않는다"는 철학이다. "맥주는 양조장 굴뚝 아래에서 마셔야 한다"는 말과 비슷한 맥락인데, 사실 문명이 발달해 전 세계가 하나의 생활권이 되어서 그렇지 맥주나 와인 등의 발효주는 아무리 비싸고 귀한 술이어도 해당 지역에서 마시는 술맛을 따라올 수가 없다고 생각한다. 프랑스에선 프랑스의 술이, 이탈리아에선 이탈리아의 술이

늘 더 맛있는 이유가 단순히 '느낌적인 느낌' 때문만
은 아니다. 세상의 모든 발효주는 여행을 하면 맛에
손상이 간다. 이동하는 동안 온도 변화, 흔들림 등 환
경이 와인의 숙성에 직접적인 영향을 미친다. 술맛
을 중요하게 여기는 일부 수입업자들이 콜드체인(냉
장운송), 항공운송 등에 목숨을 거는 이유다.

그렇다고 긴 여행을 통해 들어오는 와인들이 모
두 다 맛없는 것은 아니다. 범술론자로서 한국에선,
내 나라에선 와인을 함께할 수 있는 친구들이 있고
웃고 떠들 수 있는 편안한 환경(언어, 장소 등)이 있
다. 다만 우리가 휴식을 통해 여독을 풀고 일상으로
돌아가듯 여행한 술에게도 안정을 취할 수 있는 시간
은 주어야 한다고 강조하고 싶다. 내추럴이든 컨벤
셔널이든 긴 여정을 거친 와인은 피곤하고 예민해져
있을 것이다. 와인 냉장고 한구석에 이들을 편히 뉘
이고 될 수 있으면 건들지 않는 것이 좋다.

Part 4

돌고 돌아 보르도

어른이 된다는 것

얼마 전 공채로 입사해 10여년 간 다닌 첫 회사에 사직서를 냈다. 퇴사 직후에는 좀 쉬고 싶었다. 그때 주변으로부터 "버티면서 후일을 도모하는 것이 현명한 일 아니냐, 왜 그만두었냐"는 소리를 많이 들었다. 인정한다. 평생직장의 개념이 사라졌다고는 하지만 'R(recession, 경기 침체)의 공포'가 밀려오는 시대에 안정적인 직장을 박차고 나온다는 건 쉬운 일도 아니고, 그저 멋진 것만도 아니다. 자유로운 성향이 강한 나조차도 용기와 결단이 필요한 일이었다.

인정하면 나이 든 고지식한 사람이 된 것 같아 자존심이 상하지만 사회생활을 10년쯤 해보니, 어릴 때부터 어른들이 입을 모아 반복하는 인생 조언들이 대체로 맞았다. "공부에는 때가 있다. 청소년기에 열심히 공부해놓으면 인생을 바꿀 수 있다"는 말들. 한 귀로 듣고 흘린 잔소리가 세상에 나와보니 진짜였다. 인생에는 공짜나 행운 따위가 존재하지 않았다. 청소년기 공부, 혹은 각자의 진로를 위한 노력을 딱히 열심히 하지 않았다면 이를 상쇄할 만큼 사회에서는 다른 무언가로 나의 능력과 존재 이유를 입증해야만 살아남을 수 있었다. 세상이라는 정글 속에서 공부는 '평범한 삶'을 영위할 가능성을 확보하는 보험 정도가 아닐까 싶다.

그런데 대체 평범하다는 것이 무엇일까. 좋은 대

학에 가고, 일정한 주기로 반복되는 경제 위기가 찾아와도 망하지 않을 만한 회사에 취업해 안정적인 삶을 사는 것을 뜻하는 것일까. 정규 교육을 모두 한국에서 받은 나 또한 '자유로운 영혼'으로 살면서도 '평범한 월급쟁이'가 되어야 한다는 압박이 있었다. 입시를 앞두고 성악과나 연극영화과에 진학하고 싶었지만, 평범한 삶에 세뇌된 나는 자기 검열을 거쳐 문과대학에 들어갔다. 상위 1%가 모든 시장을 독식하는 예체능 업계에서, 벌이가 충분치 않아 손가락을 빨고 사는 미래가 자신이 없었다. 졸업 후에는 월급도 받으면서 일반 회사원보다는 자유롭고 창의적인 일을 하고 싶다는 생각에 진로를 고민하다 신문사에 입사했다. 기자 일이 재미는 있었다. 각계각층의 다양한 사람들을 원 없이 만났고, 가끔 의미 있는 글을 쓰면 나라는 존재가 공공의 발전에 조금이나마 보탬이 된다는 보람도 느껴졌다. 비록 삶을 희생하면서까지 정의로운 취재를 하는 훌륭한 언론인은 못되었지만, 대체로 행복한 나날들이었다.

하지만 조직 생활은 조금 달랐다. 한국에서 사회 생활을 잘하려면 요령이 따로 있었다. 굳이 '옳은 말' 하는 역할을 자처할 필요는 없었다. 새로운 일을 나서서 하기보다는 위에서 시키는 대로, 딱 시키는 만큼만 하는 것이 나았다. 어느 날 토크쇼 '유퀴즈'에 국내 주류회사 최초의 여성 영업팀장이 출연해 "(위에서) 까라면, 까는 시늉을 하는 것이 순탄한 사회생활의 비결"이라고 말하는 장면을 보고 껄껄 웃으며 고개를 끄덕였다. 조직에서 만난 동료에게는 쉽게 정을 주지 말고, 누구도 믿지 않아야 했다. '나'를 드러내는 순간 나에 대한 정보가 고스란히 약점으로 이어져 공격을 받았다. 사람들은 적을 만들지 않기 위해 앞에서는 맞장구를 치지만 뒤돌아서면 온갖 말들이 전해지고 사실과 다른 뒷담화가 끊이지 않았다. 기가 빨렸다. 살아남기 위해 이렇게까지 잔인하게 경쟁하고 내 인생의 행복과는 전혀 관련 없는 타인을 벼랑 끝으로 밀쳐내야 하는지 회의가 밀려왔다. 온전히 나로서 살기를 간절히 열망하는 내가, 평범한 월급쟁이가 되려면 버려야 하는 것이 너무 많았다.

결국 모두가 말하는 평범한 인생이란 내가 아닌 남들이 평가하는 삶의 요소가 다이아몬드처럼 균형을 이루는 것이다. 성격, 직업, 집안, 재력, 외모, 건강 등 무엇 하나 빠지는 것 없는 사람이 흔치 않듯, 역설적으로 평범한 삶은 '평범한 노력'을 들인다고 이룰 수 있는 것이 아니다. 사람마다 각자 타고난 모양이 다르므로 누군가에게는 평범하게 사는 것이 쉬울지 몰라도, 또 다른 누군가에게는 '평범한 삶'이란 자신을 버려야 하는 고통일 수도 있다.

남들보다 늦된 탓일까. 나는 최근에서야 이를 깨우쳤다. 신기하게도 '보르도 레드 와인'의 진가를 알게 된 시점과 비슷했다. 실제로 와인 업계에서는 "보르도 레드 와인이 좋아지면 꼰대가 되는 것"이라는 우스갯소리가 있다. 보르도 와인의 클래식한 전형성이 좋아진다는 건 겪을 만큼 겪어본 어른이 되었다는 뜻이다. 날카로운 개성을 가진 와인도 매력적이지만 맛에 있어 모든 요소의 균형을 갖추면서 예측 가능한, '평범한 와인'이 얼마나 만들기 힘든 것인지 알게 되었다는 뜻이다. 내가 진정한 어른이자 꼰대로 거듭난 건 지난해 여름, 울릉도에서였다.

프랑스 보르도 뽀므롤 지역의 샤또 라 꽁세이앙뜨. "전 솔직히 보르도가 맛있는지 모르겠어요. 부르고뉴가 훨씬 좋습니다"라고 줄곧 말해온 나에게 이 와인은 "그래도 와인은 보르도야. 클래식은 영원하다"라는 답을 해주었다. 난 고개를 끄덕일 수밖에 없었다.

칡소와 보르도 와인

휴가지로 울릉도를 선택한 건 섬에서 독특한 사료(부지깽이)를 먹고 자란다는 한반도 토종소 '칡소'를 제대로 맛보기 위해서였다. 울릉도에 다녀온 주변 사람들이 하나같이 섬에서 먹은 칡소를 "인생 소고기"라고 극찬을 하는 터에 "올여름 울릉도에 함께 가자"는 친구들의 제의를 수락했다.

평소 술과 고기를 많이 먹는 사람 위주로 총 다섯

명의 여행 크루를 모았다. 이들과 함께 서울에서 약 350만 원어치의 와인을 짊어지고 섬에 들어갔다. 대부분 보르도 레드 와인들이었다. 일행 중 '와인 공급책' 역할을 맡은 자가 '보르도 와인' 신봉자였기 때문이다. 보르도 와인에 딱히 흥미는 없었지만, 평소 그로부터 양질의 정보와 지식을 얻고, 좋은 와인도 자주 얻어 먹는 입장에서 일단 그의 취향을 존중할 수밖에 없었다.

일찍이 누벨바그 영화의 거장 프랑수와 트뤼포는 '영화광'이 되는 과정을 다음과 같은 세 단계로 나누었다.

"1단계: 같은 영화를 두번 본다.
2단계: 영화에 대한 글을 쓴다.
3단계: 직접 영화를 만든다."

수많은 술꾼을 만나본 주류전문 기자의 데이터 베이스를 바탕으로, '와인광'이 되는 과정을 다음 다섯 단계로 나누어봤다.

1단계: 첫사랑 와인을 만난다.

소맥만 마시다가 어떤 계기로 와인이 맛있는 술이라는 걸 깨닫게 된다. 이 책에서는 앞서 1장에 '첫사랑 와인'이라고 표현했다. 계기가 되는 와인은 사람마다 다르다. 미국 칠레 아르헨티나 호주 등 가성비 좋은 신대륙 와인일 수도 있고, 프랑스 이탈리아 스페인 등 구대륙의 값비싼 와인일 수도 있다.

2단계: 오크향이 강한 미국 와인이 좋아진다.

와인에 대한 호기심이 가장 높은 단계. 자극적이고 무거운 바디감의 와인에 점점 끌리게 된다. 강한 캐릭터의 와인을 마셔야 와인을 '마신 것 같은' 기분이 든다. 대표적으로는 미국식 오크향이 짙은 레드 와인. 아무 정보 없이 혼자 와인 가게에 가서 와인을 골랐는데, 세계적인 와인 평점 애플리케이션 비비노 (Vivino) 점수가 높으면 뿌듯하다. 열심히 새로운 와인을 사들이고, 각종 와인 커뮤니티의 게시글을 정독한다. 어디를 가면 최저가에 와인을 기분 좋게 구할 수 있을까? 와인을 고르고 뜻밖의 좋은 와인을 발견하는 것이 너무 재미있다. 빨리 와인을 잘 아는 사람이 되고 싶다.

2단계에 있는 사람들이 열광하는 대표적인 미국 와인. '브레드 앤 버터'라는 이름에서 알 수 있듯 오크향이 와인의 맛을 지배한다.

3단계: 피노누아에 빠지다가 절망한다.

오크 터치가 강하고, 묵직한 와인이 서서히 지겨워지기 시작한다. 원래 자극적인 맛은 빨리 물리는 법이다. 이제는 물처럼 가볍게 넘길 수 있는 바디감에 우아한 과실향과 바다의 짠내에 가까운 미네랄리티, 산미가 좋은 와인에 끌린다. 대표적으로 단일 품종으로 만들어지는 부르고뉴 피노누아, 이탈리아 피에몬테 지방의 네비올로 품종인 바롤로, 바르바레스코. 그리고 스파클링 와인(샴페인). 이 와인들이 미치도록 맛있다. 박스로 사다가 매일 매일 마시고 싶은데 가격이 사악하다. 경제적 능력이 부족한 스스로를 원망하며 자괴감에 빠진다. 결국 옷이나 가방 등 일상 쇼핑을 일체 포기하고, 그 돈으로 와인을 사들이게 된다. 해외 직구에도 손을 대는데, 싸다고 이것저것 구입해서 먹다가 결국 돈을 더 많이 쓰게 된다. 거울 속 나의 외모는 형편없을지언정 와인 냉장고에 진열된 피노누아와 바롤로 등을 보면 한없이 뿌듯한 정신 쇠약의 단계랄까.

4단계: 보르도 와인에 정착한다.

문득 보르도산 레드 와인이 새삼스럽게 다가온다. 와인 초보 시절에는 분명 이 맛의 매력을 느끼지 못했는데 이상하게 너무 맛있다! 깨닫지 못했던 보르도 와인의 진가를 이제야 알았다. 힘차게 뿜어져 나오는 과실향, 공기를 만나 부드러워진 타닌, 숙성을 거쳐 무르익은 버섯 치즈 정향 시나몬향. 와인에서 나는 맛의 모든 영역이 잘 다듬은 다이아몬드처럼 균형을 이룬다. (마치 평범한 인생처럼) 균형을 이루는 '구조감'이 얼마나 힘든 건지 비로소 알게 된다. 그 옛날 보르도 땅을 차지하기 위해서 영국과 프랑스가 백년전쟁까지 벌인 이유를 비로소 알 것 같다.

울릉도로 떠나기 직전 나는 '3단계'에서 어찌할 바를 모르는 가련한 와인 중독자였다. 불행인지 행운인지는 모르겠지만 '주류전문 기자'라는 타이틀로 온갖 시음회를 포함해 각종 행사에 종종 초청돼 현실의 비루한 소득으로는 도저히 닿을 수 없는 와인들을 맛볼 수는 있었다. 하지만 갈증은 채워지지 않았다. 한번 높아진 입맛은 다시 예전으로 돌아갈 수 없는 반면 월급만큼은 그대로인 것이 비극의 시작이었다.

집값과 샤넬 백과 부르고뉴 와인은 오늘이 제일 싸다. 부르고뉴 와인 가격은 해마다 천정부지로 치솟고 있었다. 기후 변화에 따른 생산량 저하, 중국 소비자 확대 등의 영향으로 부르고뉴 와인은 지난 10년간 가격이 최대 200% 상승해 이제는 평범한 와인 마니아들이 넘볼 수 없는 존재가 되어버렸다. 영혼이라도 팔아버리고 싶은 심정이었지만 대세 하락기에 꽁꽁 얼어붙은 부동산 시장처럼, 나의 영혼을 매매하려는 이는 쉬이 나타나지 않았다. 부르고뉴에 목말라 절망하는 내게 와인을 20년 이상 마셔온 고

프랑스 부르고뉴 피노누아라면 묻지도 따지지도 않고 입에 넣고 보는 시절이 있었다. (사실 지금도 그렇다) 술에 잔뜩 취해 질러버린 에세조. 프랑스 부르고뉴 지방 본 로마네 마을의 에세조 포도밭에서 생산되는 와인으로, 세계에서 가장 비싼 와인으로 꼽는 로마네 꽁띠를 만드는 도멘 드 라 로마네 꽁띠의 이웃집에서 만든다. 《신의 물방울》의 저자 아기 타다시가 와인에 입문하게 된 계기로도 유명하다. 예기치 않은 수익이 생긴 날이라면 에세조를 강력 추천한다!

수들은 "결국 와인은 보르도다. 너는 돌고돌아 보르도로 가게 되어 있다"는 얘기를 해주었지만 귀에 들어오지 않았다. 내 마음은 비싸고 구하기 힘든 부르고뉴에 일방적으로 마음이 기울어져 있었다.

칡소와 보르도 와인의 진짜 매력

울릉도에 가지 않았다면 나는 4단계로 진입하지 못하고 인생 파산에 이르렀을 것이다. 마지막 단계로 무사히 넘어간 건 섬에서 3박 4일간 칡소 구이에 보르도산 레드 와인을 곁들이며 최고의 페어링(음식과 와인의 궁합)을 경험한 덕분이다. 아직도 그날 밤고기를 산처럼 쌓아 놓고 먹다가, 배가 불러 남기고 온 마지막 안창살 한 조각이 눈앞에 아른거린다. 아아… 이제는 내 영혼을 칡소 구이와 잘 익은 보르도 레드 와인 한 병에 팔 준비가 돼 있다. 울릉도에서 칡소와 함께 마시는 와인은 더 이상 술이 아니었다. 육즙과 함께 스며드는, 지구상 가장 완벽하고 고급스러운 '소스'였다.

칡소는 한반도에서 전통적으로 기르던 토종 소다. 호랑이처럼 검은 줄무늬가 선명하다. 흔한 누렁소 한우와는 겉모습부터 육질까지 다르다. 칡소는 고급 소고기를 판정하는 기준인 마블링이 한우에 비해 부족하다. 국내 소고기 등급 체계는 다섯 등급으로 나뉘는데, 근내지방을 뜻하는 마블링이 많을수록 높은 등급을 받는다. '투뿔' 한우가 입에서 아이스크림처럼 사르르 녹는 이유다. 물론 여러 점을 먹고 나면 느끼해져 금방 물린다는 단점도 있다.

뛰어난 마블링과 높은 생산성을 위해 여러 번 개량한 한우와 달리 개량한 적 없는 칡소는 유전적 특

성상 근내지방이 적어 높은 등급을 받기가 쉽지 않
다. 대신 육질이 탄탄하고 소금을 찍어 먹지 않아도
될 만큼 육향이 풍부하다. 느끼함이 덜해 많이 먹어
도 물리지 않는다. 마블링이 많은 고기만이 꼭 뛰어
난 고기는 아니라는 걸, 국토 최동단의 칡소가 입증
하고 있었다.

이날 칡소 구이를 품어준 와인은 '샤또 오 바이'

였다. 보르도 페삭 레오냥에서 만드는 전형적인 보르도산 레드 와인이다. 일반적으로 보르도 레드 와인은 카베르네 소비뇽, 메를로를 중심으로 여러 품종을 섞어 만든다. 오 바이는 카베르네 소비뇽과 메를로, 카베르네 프랑, 프티 베르도 등의 품종을 섞었다. 보르도식 블렌딩의 최대 장점은 각 품종이 서로의 단점을 채워준다는 것이다. 어느 해 특정 품종의 작황이 좋지 않으면 다른 품종이 메울 틈이 존재한다. 반면 피노누아 단일 품종인 부르고뉴 레드는 작황이 좋은 해와 그렇지 않은 해에 만든 와인의 격차가 크다.

샤또 오 바이는 칡소의 육향 사이로 자연스럽게 녹아들었다. 마치 "단점 투성"이라며 시장과 사회의 질책을 받아온 칡소와, 칡소를 먹는 내게 "단점이 곧 장점이니 기죽지 말라"고 격려하듯 부드럽게.

인생이든 우(牛)생이든 와인이든, 정답은 없다. 다수의 선호가 꼭 옳은 것도 아니다. 모두가 한우 투뿔 등급을 받기 위해 살 필요가 있을까? 획일적인 평가 기준에 미치지 못한다고 기죽을 필요가 없다. 강점을 더 강하게 만들면 된다. 애초에 부족한 마블링 따위 신경 끄고 육향과 육질의 탄탄함을 더 키우면 될 일이다. 단점 찾아 헐뜯지 말고 서로의 장점을 크게 본다면, 굳이 '자존감' 타령을 하며 살 필요가 있을까 싶다.

그날 이후 부르고뉴를 찾아 방황하는 하이에나의 삶을 비로소 멈출 수 있었다. 보르도 와인을 마시는 일상은 부르고뉴를 맹목적으로 사랑했을 때보다 더 차분하고, 행복했다. 무엇보다 가격 경쟁력이 뛰어났다. 피노누아 단일 품종으로 만드는 부르고뉴는 소량 생산해 기본 공급량이 적다. 그런데도 수요는 많아 가격이 지나치게 비싸다. 부르고뉴에서 가장 비싼 와인으로 알려진 로마네 꽁띠는 연간 생산량이 6천 병에 불과하다. 반면 보르도 지역에서 최고 품질을 자랑하는 5대 샤또는 연간 10만 병 이상을 생산해 공급이 안정적이다.

장기 숙성이 가능하다는 점도 보르도 와인의 강력한 매력이다. 보르도 레드는 타닌이 풍부해 수십 년 이상 보관할 수 있어 세월의 흐름에 따라 와인의 맛이 어떻게 변해가는지를 느낄 수 있다. 껍질이 얇고 타닌이 거의 없는 부르고뉴 피노누아는 20년 이상 숙성하는 건 무리여서 보르도만큼의 '올드 빈티지' 매력을 느끼기는 힘들다.

그렇다고 부르고뉴를 아예 안 마실 수는 없는 일. 울릉도를 다녀온 이후 나는 "한 잔만 마실 때는 부르고뉴를, 한 병을 마실때는 보르도 와인을 마시자"는 원칙을 세우고 와인을 마시기 시작했다. 물론 나라는 사람이 와인을 한 잔만 마시는 일은 거의 없으므로 대체로 보르도 와인을 마시긴 했지만. 열심히 보르도 와인을 마시다 보니 계절이 바뀌었고, 찬 바람이 불기 시작했다. 투뿔 한우보다는 칡소가 되어야겠다는 생각이 더욱 뚜렷해졌다. 그해 가을, 퇴사를 했다.

신의 물방울, 아기 타다시를 만나다

"순전히 와인을 보관하기 위해 아파트 한 채를 빌렸어요. 그런데 지진으로 소중한 와인들이 다 깨져버리면 어떡하나 싶어 돈을 들여 지진경보 시스템까지 설치했죠."

필명 '아기 타다시'의 작품으로 알려진 일본의 와인 만화《신의 물방울》작가 기바야시 유코(61), 기바야시 신(57) 남매는 '원조 인플루언서'이자 '성덕'(성공한 덕후)이다. 주인공이 전설의 '12사도' 와인을 찾아 나서는 여정을 그린 이 만화는 2004년 첫 단행

《신의 물방울》
저자 아기 타다시
남매와 함께.

본 출시 이후 한국어, 영어, 불어, 중국어 등으로 번역돼 전 세계에서 천만 부가 팔리며 '글로벌 와인 교과서'로 자리 잡았다. 작품에서 소개된 와인들은 당시 SNS가 발달하지 않았음에도 유명세를 얻으며 품귀 현상을 빚었다. 프랑스 와인을 널리 알린 공으로 지난해 프랑스 정부는 이 남매에게 두 번째 훈장을 달아 주었다.

'술 덕후'로서 3년 전 인천 파라다이스시티 호텔에서 열린 와인 토크 콘서트 참석차 방한한 두 사람을 처음 만난 날 심장이 터질 뻔했다. 그들은 "《신의 물방울》의 시작은 매일 밤 마시는 와인이었다"고 털어놓았다. 그에 앞서 추리물 《소년탐정 김전일》을 히트시킨 이들은 작업 후에 반드시 와인을 마시며 일과를 마쳐야 하는 '와인 덕후'였다. 특히 와인을 두고 떠오르는 이미지를 주고받으며 토론하는 것을 즐겼다. 동생 신은 "그러던 어느 날 불현듯 와인 만화를 연재해야겠다는 생각이 들었고, 15분 만에 '12사도'라는 큰 줄거리를 완성했다"고 말했다.

그저 좋아해서 시작한 일이 이렇게 대성공을 거둘지는 꿈에도 몰랐다. 처음 아이디어를 받은 출판사 편집자도 "취미를 일로 하려는 것 아니냐"면서 냉담한 반응을 보였다. 그렇게 1년만 버텨 보자고 시작했는데 일본뿐만 아니라 당시 와인 시장이 크지 않았던 한국에서도 '대박'이 터졌다. 인기는 홍콩과 대만의 중화권과 프랑스로 옮겨갔고, 둘은 평생 마시고 싶은 와인을 실컷 마실

만큼 부와 명성을 거머쥔 스타 작가로 떠올랐다. 누나 유코는 이날 "연간 1,000~2,000병의 와인을 시음한다"면서도 밝은 표정으로 계속 와인을 마셨다. "와인은 신의 음료"라는 이들의 말에 진정성이 느껴졌다.

둘은 '좋은 와인'이란 "명확한 이미지가 떠오르는 와인"이라고 입을 모았다. 이날 1000대 1의 추첨 경쟁률을 뚫고 콘서트에 참석한 관객에게도 흔히 소믈리에들이 하는 '맛' 묘사가 아닌 '이미지 묘사'를 선보였다. 가령 어느 부르고뉴 와인을 마시고는 "기골이 장대한 여성의 느낌이 난다"고 표현하는 것이다.

무려 17년을 끌어온 만화는 최근 들어 끝이 났다. 2005년 첫 발매된 책은 2022년에서야 44권으로 종결됐다. 방한 당시 "대체 언제 마지막 책이 나오느냐"고 재촉하자 두 사람은 "마지막 한 병을 찾는 줄거리를 쓰기 위해 프랑스 보르도에 몇 차례 다녀왔다"고 전했다. 어쩌면 "'덕업일치'가 주는 행복이 너무 커서 쉽게 완결하지 못했던 것은 아닐까" 하는 생각이 들었다.

Part 5

하이볼 예찬

하이볼과 이세이 미야케

평생 술을 마시면서도 살이 찌지 않는 법을 고민
해왔다. 프로 술꾼으로서 "술은 죄가 없다. 술과 함께
먹는 안주가 문제"라고 항변하고 싶지만, 이는 경험
상 반은 맞고 반은 틀린 말이다.

음식에 손을 대지 않고 술만 마시는 것이야 물론
가능하다. 가끔 향이 뛰어난 와인이나 위스키, 브랜
디 등을 접할 땐 그 어떤 산해진미라도 방해받고 싶

지 않아 술을 단독으로 마시곤 한다. 하지만 알코올 중독자처럼 늘 밥 없이 술만 먹고 살 수는 없는 노릇이다. 술을 마신 다음 날, 술을 마시지 않아도 살은 찐다. 알코올은 1급 발암물질로, 인체에 들어오면 우리 몸은 즉시 알코올을 '독'으로 인식해 그때부터 신체의 모든 기능을 이 독극물을 분해하는 데 쓴다. 술을 마시지 않았다면 지방을 분해하고 있겠지만 분해 기능의 우선순위를 알코올이라는 놈에게 뺏기는 셈이다. 계속 뺏기다 보면 어쩔 수 없다. 몸집이 커질 수밖에.

결정적으로 음식과 술의 조화로움 속에 행복을 느끼지 못한다면 술을 즐겨야 할 이유도 없다. 24시간 푹 끓인 라구소스를 듬뿍 얹어 쓱쓱 비빈 파스타를 어찌 이탈리아 레드 토착 품종인 산지오베제 와인 없이 목구멍으로 넘길 수 있느냐 말이다. 치킨을 먹을 때 생맥주를 마시지 않는다면, 당장은 벌을 받지 않아도 훗날 지옥에 떨어질 것 같은 찜찜함이 들지 않을까. 희석식 소주를 별로 좋아하지 않는다고는 하지만, 초록병 소주 한 잔 없이 뜨끈한 순댓국 한 뚝배기를 다 비워낼 자신이 있는 사람이 과연 있을까?

술을 마시다가 8년 동안 무려 15kg이 찐 것은 게으르고 불성실하며 열심히 살지 않아서가 아니다. "그만큼 술에 진심이었고, 많은 사람들에 둘러싸인 이른바 '핵인싸'로 살았다는 방증이다"라고 스스로 위로하고 싶지만… 매번 다이어트를 하겠다 선언하고는 술자리 약속을 거절하지 못하는 자신에게, 또 그 술자리에서 절제하지 못하고 폭음하는 내 자신에게 면목이 없고 부끄러운 건 어쩔 수 없다.

그러던 어느 날, 나날이 불어나는 뱃살을 가리고자 파주의 한 아울렛에 옷을 사러 갔다가 광명을 찾았다. '이세이 미야케'라는 일본 디자이너 이름을 딴 브랜드 매장이었다. 한 직원이 블라우스와 팬츠를 권해서 '한번 입어나 보자'고 탈의실에 들어갔는데, 방금 전까지만 해도 알코올성 비만으로 천근만근 무거웠던 내 몸이 깃털처럼 가볍게 느껴졌다. "와, 대체 뭐지?"

이세이 미야케 브랜드의 옷들은 하나같이 '플리츠'라 하는 주름이 있는 원단을 먼저 재단하고 형태를 잡아 재봉한 뒤 특별 가공하는 방식으로 만드는데 소재 자체가 가벼울뿐더러 신축성도 뛰어나 사이즈에 얽매일 필요가 없었다.

편하고 가볍고 스타일리시하면서도 세탁하기 편하고 살이 찐 사람도 사이즈에 구속받지 않고 입을 수 있는 비현실적인 옷. 알코올성 비만인에게 운명 같은 옷이 아닐 수 없었다. 앞으로 단 하나의 옷만 입고 살 수 있다면 무엇을 입고 살겠냐고 누군가 묻는

다면 단 1초의 망설임 없이 "이세이 미야케"라고 소리 지르고 싶었다.

이세이 미야케에 푹 빠져버린 나는 이후 트레이닝복 같은 필수품이 아니면 한국에서 일절 옷 쇼핑을 하지 않았다. 대신 도쿄에 갔다. 이세이 미야케 매장도, 옷 종류도 훨씬 많고 무엇보다 가격이 30% 이상 저렴했기에 눈이 뒤집힐 수밖에 없었다.

'금, 토, 일' 일정으로 도쿄에 가면 숙소에 짐을 놓고 매장으로 달려가 거의 모든 옷을 입어보고 계산대에서 집었다 놨다를 반복하면서 시간을 보냈다. '이세이 미야케' 여행의 하이라이트는 저녁을 먹으며 친구와 포장을 푸는 '언박싱' 시간을 갖는 것이었는데, 함께 알코올성 비만을 앓고 있는 친구와 나는 각자 쇼핑을 마치고, 오후 7시쯤 시부야의 먹자골목에 즐비한 이자카야 골방에서 만나 그날 산 아이템들을 서로 봐주곤 했다.

술은 무조건 하이볼 대(大)자를 시켰다. 나마비루(생맥주)와 하이볼의 나라인 일본의 자비로움은, 술집마다 이 술들의 1리터짜리 메뉴가 따로 있다는 것이다. 하루 종일 쇼핑하는 것도 체력적으로 보통 힘든 일이 아니지만 이상하게 시원한 맥주보다는 상큼하고 가벼운 하이볼이 더 당겼다. 개인적인 생각일 뿐이지만 목구멍에 타격감을 주는 시원한 생맥주는 고된 노동이나 격한 스포츠를 하고 난 뒤에 더 잘 어울린다. 실제로 고대 이집트 피라미드 공사장의 인

부들이 월급으로 맥주를 받았다는 기록이 역사에 남아 있는 걸 보면, 근거 없는 '뇌피셜'은 아닌 것 같다.

하이볼도 맥주처럼 탄산이 있다. 여기에 레몬의 산미가 탄산을 받쳐준다. 나는 하이볼이 맥주와 화이트 와인의 장점만을 갖춘 술이라고 생각한다. 또 위스키에 탄산수를 섞었기 때문에 탄수화물 함량이 높은 맥주보다 배가 덜 불러 '알코올성 비만'으로 결국 일본까지 날아가 쇼핑을 하는 내게 일말의 죄책감을 덜어주기도 했다. 그런 이유 탓에 하이볼로 시작한 언박싱 술자리는 늘 폭음으로 끝이 났지만, 하이볼은 30대의 내게 쇼핑 후에 마시는 신성한 의식이 되어버렸다.

그랬던 내가 코로나19로 3년간 해외에 나가지 못했다. 가끔 도쿄의 하이볼 의식이 그리울 때면 이세이 미야케를 차려입고 하이볼 바에 가서 추억을 떠올린다. 지난해 100년 만의 폭우가 쏟아져 서울에 물난리가 났을 때는 추모의 하이볼을 마셨다. 가장 존경하고 사랑하는 디자이너, 이세이 미야케 선생님이 84세의 나이로 세상을 떠났기 때문이다. 내 패션 철학에 지대한 영향을 끼치고, 내 옷장 지분의 80% 이상을 차지했던 이세이 미야케. 이세이 선생님이 만드는 옷을 더는 살 수가 없구나. 도쿄 매장에서 들었다 놨다 하며 끝내 사지 않은 옷들이 떠오른다. 고작 돈 몇 푼 아끼겠다고 그토록 위대한 옷들을 더 사두지 않았던 것이 못내 아쉽다.

"고인의 명복을 진심으로 빕니다. 한겨울에도 양말이 답답해서 잘 신지 않는 제게 깃털 같은 가벼움과 자유로움, 그리고 미처 몰랐던 나만의 옷태를 선물해주셔서 감사합니다. 다시 태어나도 당신의 옷을 입고 술을 마실 겁니다. 하이볼 한잔 말아 올립니다. 부디 영면하시길."

국민주가 된 하이볼

이세이 미야케 쇼핑의 마무리 의식을 행하기 위해 시부야 거리에서 술을 마실 때마다 일본의 젊은 MZ세대들이 맥주나 사케보다는 압도적으로 하이볼을 많이 주문해 마시는 모습을 흔하게 볼 수 있었다. 한국에 '치맥'이 있다면 일본엔 '하이볼+가라아게'(닭튀김) 세트가 있다. 실제로 요즘 일본 젊은이들이 하이볼을 선호하면서 위스키 판매량은 증가하고, 대량 생산 라거 맥주 소비량은 꾸준히 감소하고 있다. 젊음, 열정, 자유로움의 이미지로 통했던 맥주의 이미지가 일본에서는 하이볼로 완전히 대체된 것만 같다. 한국에서도 현재 MZ세대 사이에서 단연 넘버원 술은 소주도 맥주도 와인도 아닌 위스키 하이볼이다. 하이볼은 위스키나 진처럼 고도수의 원주에 탄산수를 섞은 칵테일이지만 아무래도 '위스키'를 원주로 한 하이볼이 가장 흔하다.

위스키에 탄산수를 탄 하이볼의 유래는 일본이 아니라 영국과 미국이다. 누가, 언제부터 만들어 마셨는지 정확하게 밝혀진 것은 없으나 스코틀랜드 골퍼들이 골프장에서 술을 마시다가 탄생했다는 설이 재미있다. 골프와 위스키의 발상지인 스코틀랜드에서 사람들은 위스키를 마시면서 골프를 치곤 했다. 하지만 위스키는 도수가 40도에 이르기 때문에 금방 취해 18홀까지 게임을 이어 나가기가 힘들었다. 한 골퍼는 위스키에 탄산수를 타서 알코올 도수를 낮추면 한결 덜 취하고, 갈증도 해소할 수 있을 것이라 생각해 이를 일행들에게 공유했고, 그렇게 만든 시원한 위스키는 금방 입소문이 나 골퍼들 사이에 선풍적인 인기를 끌었다.

그런데 또 문제가 생겼다. 청량감이 뛰어나고 부담도 적으니 게임 중 벌컥벌컥 들이켰고, 결국 게임이 끝나기도 전에 만취하는 상황이 전보다 많아지게된 것이다. 술 취한 골퍼들이 샷을 날리면 공이 엉뚱한 곳, 특히 함께 라운딩을 하는 사람 머리 위로 날아간다고 해서 이 술의 이름은 '하이볼'이 됐다. 하이볼은 이후 미국에도 알려졌고, 미국인들은 스카치 위스키 대신 버번 위스키에 탄산수를 섞어 역에서 기차를 기다리면서 즐겨 마셨다고 한다.

서양에서 시작된 하이볼이 일본에서 전성기를 맞은 건 일본 위스키 회사의 치밀한 마케팅 전략 덕분이다. 사케와 맥주를 주로 즐겼던 옛날, 일본인들은 독주를 그다지 좋아하지 않았다. 1929년부터 일본 최초로 싱글몰트 위스키를 만들어 팔아온 산토리사(社)는 일본인들이 도수가 높은 술을 왜 꺼려하는지 분석했다. 원인은 'DNA'였다. 일본인 자체가 타고나기를 알코올 해독 능력이 썩 좋지 않았다. 일본에서 사케, 소주, 위스키 등의 술에 물을 넣어 1/2 이상의 농도로 희석시키는 '미즈와리' 문화가 발전한 것도 이와 연관이 있을 터였다. 뿐만 아니라 1960년대 글로벌 주류시장에서는 보드카와 라이트 럼이 등장한 이후 전통적인 '독주'의 위상을 지켜온 스카치 위스키의 인기도 하락하고 있었다.

산토리는 위스키 판매량을 어떻게든 늘려보고자 1970년대 '하이볼 마케팅'을 고안했다. 탄산수와 얼음을 섞어 위스키의 도수를 누구나 마실 수 있도록 낮추는 것이 살길이라고 판단한 것이다. 주력 위스키 브랜드인 가쿠 위스키를 하이볼로 만들어 마시면 맛있다는 광고를 하면서 하이볼 전용 잔 같은 전용 상품까지 만들며 대대적인 마케팅을 펼쳤다. 결과는 대성공. 진하고 독한 위스키 원주는 음식과 페어링하기에 한계가 있지만, 하이볼은 어느 음식에나 어울렸기 때문에 시장이 폭발적으로 커졌다. 20년간 불황을 겪었던 일본의 위스키 시장은 하이볼로 인해 1980년대 초반 화려하게 부활했으며, 하이볼 인기를 타고 일본의 위스키 시장 또한 다시 한번 비약적으로 발전했다. 산토리는 이후 프리미엄 위스키 브랜드 '히비키' 등의 상품을 론칭하면서 내수 시장을 뛰어넘어 글로벌 위스키 브랜드로 탄탄한 입지를 다지기에 이른다. 얼마 전 와인 디너에서 만난 미국 캘리포니아 와이너리 관계자에게 좋아하는 위스키 스타일을 물었더니 "스카치 위스키는 특유의 강한 피트(이탄)향이 싫고, 버번 위스키는 지나치게 달아서 싫다"면서 "밸런스가 좋고 절제미가 돋보이는 일본 위스키를 좋아한다"고 답했다.

일본과 한국에서의 하이볼 인기는 점점 가벼운 술을 선호하는 글로벌 주류 트렌드와도 맞닿아 있다. 맥주, 와인 같은 발효주는 특히 지난 10년간 '물처럼 마실 수 있는 스타일'로 변해가는 추세인데, 크래프트 맥주의 경우 마침내 IPA, 사우어 맥주의 시대가 끝나고 다시 '필스너 시대'를 맞이하는 모습이다. 다양한 크래프트 맥주 스타일 중 최근 유행하는 스타일이 '콜드 IPA'라는 것이 대표적 예다. 콜드 IPA는 보통 IPA보다 더 드라이하고 가벼운 바디감을 구현하기 위해 쌀이나 옥수수 등을 맥아에 넣고, 전통적 에일 맥주 발효방식인 상면발효(상온에서 발효)보다 하면발효(서늘한 온도에서 발효)하는 과정을 거쳐 만든다. 홉의 향을 즐기면서도 마치 페일 라거를 마시듯 청량하고 가벼운 목넘김과 깔끔한 바디감을 즐길 수 있다. 와인 양조 트렌드 또한 오크 숙성을 지양

하고, 오크 숙성을 한다 해도 오크 캐릭터가 잔잔하게 받쳐주면서 미네랄리티를 강조하는 캐릭터의 와인이 최근에는 인기가 많다. 게다가 와인에 탄산수를 섞어 가볍게 마시는 와인 칵테일을 아예 병입해 판매하는 생산자들도 등장하고 있다. 또 미국의 젊은 세대는 하이볼을 닮은 하드셀처에 열광하는 것을 보면 세계적으로 확실히 '가벼운 술'이 대세다. 하이볼은 가벼운 술의 한 종류일 뿐이다.

위스키, 위스키, 위스키

하이볼 열풍 덕분에 위스키의 인기도 뜨겁다. 이마트 트레이더스에서는 2022년 한 해 주류 카테고리에서 위스키가 처음으로 매출 1등 자리를 차지했다. 2020년만 해도 위스키는 주류 내 매출 순위 5위에 불과했다. 대형마트나 주류 가게에서 위스키를 할인 판매하는 날이면 개장 전부터 줄을 서는 '오픈런' 현상이 발생한다. 2000년대까지만 해도 '아재 술'로 불리던 위스키가 2030이 열광하는 술로 탈바꿈한 것이다. MZ세대는 왜 하필 위스키에 꽂힌 것일까. 다양성과 취향을 만족시켜주는 술로는 와인도 있고, 크래프트 맥주도 있는데 말이다.

지금은 위스키가 '홈술'과 '취향'을 대표하는 술이 되었지만 2010년대까지만 해도 유흥 시장을 상징하는 술이었다. 특히 김영란법 시행 이후 유흥 시장 규모가 작아지자 위스키 업계에 암흑기가 찾아왔다. 시장 규모부터 반토막이 났다. 과거 유흥 시장에서 잘 나갔던 위스키는 '국산 위스키'라 불렸던 임페리얼, 윈저, 골든블루 등의 브랜드였지만 지금 이 브랜드들은 각종 수입 위스키들의 인기에 치여 과거의 영광을 그리워하는 신세가 되었다. 현재 위스키 시장은 스코틀랜드의 싱글몰트 위스키와 미국의 버번, 테네시 위스키 등 아메리칸 위스키가 이끄는 시장으로 완전히 태세 전환했다. 이 가운데 산토리 위스키 브랜드인 가쿠빈이나 짐빔처럼 저렴한 위스키는 하이블로 소비되고, 가격대가 높은 위스키는 취미로 위스키를 즐기는 마니아들에게 불티나게 팔린다.

술을 좋아하는 2030이 위스키에 특히 열광하는 이유는 단순히 '나를 위한 소비' 차원만은 아니다. 먼저 음주의 양보다는 '질'을 중요시하는 이들은 많이 마시지 않아도 알코올을 충전할 수 있는 위스키를 선호하는 것으로 보인다. 소품종, 대량 생산 시대의 과거 음주 문화가 다 같이 만취해 우정을 쌓는 집단주의 문화였다면, 다양성과 취향 존중의 시대인 지금은 개인이 선호하는 술을 사생활이 보장된 공간인 집이나 바에서 혼자, 혹은 취향이 비슷한 '소수'의 지인과 공유한다. 적게 마실 수 있으면서 다양한 콘텐츠를 소비하고, 취향까지 찾을 수 있는 술로는 위스키가 적합하다. 와인과 맥주 또한 다양한 선택지가 많고 취미로 삼아 알아가기 좋지만 '술'보다는 음식에 더 가까워서 취기를 느끼려면 같은 술이라도 더 많이 마셔야 할뿐더러 생산지, 등급체계 등이 복잡해 진입 장벽이 더 높다.

가격 면에서도 위스키의 접근성은 뛰어나다. 와인이나 맥주는 발효주이기에 병이나 캔을 한번 딴 순간 술이 변질된다. 사람에 따라, 주량에 따라 혼자 마실 수도 있겠지만 특히 와인은 혼술에 적합한 술은 아닌 것이다. 더군다나 맥주는 상미기한도 1년으로 짧다. 하지만 증류주인 위스키는 백년 이상을 보관해도 끄떡없다. 뚜껑을 열어 에어링(공기에 접하는 것)하면 시간의 흐름에 따라 맛이 달라져 변화를 즐길 수 있다는 점도 매력적이다. 숙성 기간이 긴 고연산 위스키나 셰리 오크에 숙성한 위스키들이 결코 싼 가격은 아니지만, 장기간 다채로운 매력을 관찰할 수 있다는 것은 엄청난 이점이며 이는 곧 가성비라는 인식으로 이어진다.

새로움을 추구해 직접 레시피를 개발하는 모디슈머(수정하다의 modify와 소비자의 consumer를 결합한 단어)가 될 수 있다는 점도 위스키의 매력이다. 위스키를 탄산수에 섞어 기호에 따라 레몬, 라임, 민트 등을 첨가한 것이 하이볼이다. 간단한 하이볼 레시피를 응용한다면 누구나 바텐더가 될 수 있다는 점이 위스키 소비를 부추긴다. 위스키뿐만 아니라 원주를 전통 증류주, 보드카 등으로 바꿔 만들어보는 재미도 있다. 자신만의 하이볼을 만들어 먹는다는 건 홈파티에서도 신나는 일이다. 공들여 구축한 홈

하이볼로 건배!

바를 인스타그램에 올리고 서로의 피드백을 주고받는 것은 이미 일상화된 놀이다.

하이볼은 이제 웬만한 업장에서는 소주, 맥주 외에 필수로 갖춰야 할 술로 인식되고 있다. 저렴하게 맥주를 묶어 파는 편의점 시장으로 인해 위기를 맞은 수제 맥주 양조장들도 살아남기 위해 저마다 하이볼을 출시하고 있을 정도다.

하이볼은 탄산이 들어가 음용성이 매우 뛰어나다. 고도수 위스키를 물로 희석한 것이라 바디감이 가볍다. 여기에 토닉워터나 레몬 등을 추가할 경우 기분 좋은 산미가 생긴다. 음용성과 산미는 술과 음식의 궁합을 따질 때 필요충분조건이다. 치킨에도 생선회에도 삼겹살에도 안 어울릴 수가 없다. 플레인 탄산수에 원주를 섞는다면 맥주보다 탄수화물(당) 함량도 적어 가볍게 마시기에 더없이 좋다.

하이볼은 오프라인 매장을 운영하는 입장에서도 판매하기 좋은 술이다. 칵테일이라고는 하지만 레시피가 워낙 간편해 인건비를 크게 들이지 않고 누구나 제조할 수 있다. 위스키 한 병으로 여러 잔을 만들어 낼 수 있어 경제성도 뛰어나다. 원주로 고량주 하이볼, 전통 소주 하이볼 등으로도 응용할 수 있어 다양한 증류주 시장에 하이볼이 기회로 작용하고 있다.

이제는 위스키를 다루는 업장에서 하이볼을 주문하면 "어떤 위스키로 드릴까요?"라고 먼저 질문하는 것이 당연한 일이 됐다. 더 이상 일본 소설가 무라카미 하루키의 소설 속에나 나오는 대사가 아니라 우리의 일상 속에서 오고 가는 대화가 되어버렸을 정도로 주류시장은 다양해지고, 성숙해졌다.

나를 닮은 하이볼을 찾아서

위스키 하이볼을 맛있게 마시는 방법은 자신의 '위스키 취향'을 먼저 파악하는 것이다. 당연한 얘기지만 원주 위스키 종류에 따라 하이볼의 맛이 달라진다. 화려한 맛을 좋아한다면 과일향이 강한 셰리 오크에 숙성된 위스키를, 훈연향을 선호한다면 스코틀랜드 아일라 지방의 피트 위스키를, 균형이 잡힌 맛을 원한다면 개성 강한 싱글몰트보다는 블렌딩 위스키를 선택하는 것이 좋다. 원주의 개성을 고스란히 느낄 수 있도록 향과 당이 첨가된 진저 에일보다는 아무 맛도 나지 않는 플레인 탄산수를 섞는 것을 추천한다.

위스키는 아니지만 사과 발효주를 증류한 칼바도스를 원주로 한 하이볼도 즐겨 마신다. 칼바도스는 위스키보다 과실향이 뛰어나고 산뜻해서 술자리의 시작이나 끝을 장식하는 데 매우 적합한 술이라고 생각한다.

개인적으로는 훈연향이 강한 아일라 지역의 라가불린, 아드벡 등에 플레인 탄산수를 타서 만든 하이볼을 좋아한다. 술을 마구마구 퍼마시다가 중간에 라가불린 하이볼을 마시면 양치를 한 것처럼 개운해지고, 술자리를 다시 시작할 수 있는 기운을 얻기 때문이다. 아일라 지역 위스키들은 기본 하이볼 원주로 사용되는 위스키보다는 가격이 비싸지만 오히려

'샤넬 백을 들고 목욕탕에 가는 기분'과 같은 소소한 사치를 누리는 기분을 만끽할 수 있다.

피트라고 하는 이탄을 태워 맥아를 말리는 과정을 거친 아일라 위스키는 강한 훈연향과 병원 소독약 냄새, 해초향(갯내) 등의 독특한 아로마를 내뿜는 것이 특징이다. 지역별 위스키 블라인드 테이스팅을 한다면 초심자라도 아일라 위스키만큼은 쉽게 구별할 수 있을 정도로 개성이 강하다. 스코틀랜드 아일라섬 남부의 아드벡과 라가불린, 라프로익, 중부의 보모어 등 위스키에 관심이 있다면 한 번쯤 들어봤을 유명 증류소가 이곳에 모여 있다.

그중에서도 다채로운 맛의 균형이 일품인 라가불린 16년은 위스키 업계의 전설적 평론가 마이클 잭슨이 만점을 준 위스키로도 유명하다. 셰리 오크통에 위스키를 숙성시켜 강한 훈연향에 꽃향기와 은

은한 과일향을 입혔다. 첫 아로마는 과일향인데 중간부터 스모키향이 폭풍처럼 밀려온다. 캐러멜과 과일향이 어우러진 부드러운 오크향을 선호하는 취향을 가졌다면 아일라 위스키를 싫어할 수도 있다. 묘한 건 아일라 위스키가 가진 중독성이다. 처음 맛봤을 땐 특유의 얼얼함 때문에 표정을 찡그리다가 점점 빠져들고 마는 '마라' 요리처럼, 한번 중독되면 헤어나올 수 없는 마성의 매력을 지녔다.

매력의 핵심은 훈연향이다. 아일라 위스키의 페어링을 논할 때 애호가들은 겨울 석화를 1순위로 꼽지만, 이 위스키의 맛을 제대로 느끼려면 불에 구운 소고기가 제격이다. 잔을 넉넉하게 채운 피트향 가득한 아일라 위스키 하이볼과 소고기를 머금으면 "인생 뭐 별거 있나"라는 생각이 절로 든다. 입안에선 불맛이 증폭하고 참나무향 가득한 고기 한 점이 혀끝을 살살 녹이는 그 순간만큼은 세상에 남부러울 일도, 아무런 근심, 걱정도 없을 것만 같다.

Part 6

K의 진격, K-위스키

술 선생님 루쯔

어쩌다 이렇게 술을 좋아하게 되었느냐는 질문을 받을 때 과거를 압축해 "만 스무 살에 아일랜드로 어학연수를 가서 어학원 대신 펍에만 다니다가 인생이 이렇게 되었다"고 반복해 말하곤 하지만 실은 그 과정에서 세계관 형성에 영향을 끼친 중요한 사람이 한 명 있다. 아일랜드 영어학원에서 만난 '루쯔 헤인리히'라는 친구였다.

당시 루쯔는 50대 초반으로 스무 살이었던 내게는 '아저씨 친구'였다. 뮌헨 인근의 교외 마을에 살지만 젊은 시절 동독의 게슈타포로 근무한 이력이 있어 또래 서독 출신의 독일인보다는 영어가 서툴렀다. 그는 Hyunhee(현희)라는 내 이름을 명확하게 발음하지 못하고, '후니'라고 불렀다.

우리가 친해지는 건 일도 아니었다. 그는 한겨울이면 술병에 위스키나 슈냅스(동유럽의 독주)를 속주머니에 꼭 챙겨 다니는 애주가였다. 술꾼들이 대체로 그렇듯 술과 음식, 여행에 관심이 많다 보니 매일 관련 이야기를 나누며 신나게 수다를 떨었다. 하루는 수업 시간에 각 나라의 음식을 소개하다가 루쯔가 독일의 소고기찜 요리를 소개했다.

식탐이 원래 많고 시도 때도 없이 배가 고프다고 말하는 습관이 있는 나는 그날도 아무 생각 없이 "와,

루쯔가 말한 그 요리 진짜 먹고싶다"라고 반응을 해주었다. 그런데 다음날, 루쯔가 자신이 직접 만든 소고기찜 요리를 밀폐용기에 가져와 "레드 와인과 같이 먹어보라"며 내게 건네는 것이 아닌가. 루쯔는 '아빠 마음'으로 고작 스무 살밖에 안된 아시아 여학생이 지구 반대편까지 날아와 혼자 지내는 것이 안쓰러웠던 모양이었다.

루쯔의 소고기찜은 사실 대단히 맛있진 않았다. 루쯔가 마음 따뜻한 술꾼이기는 하나 천상 셰프는 못되는 것 같았다. 하지만 진심 어린 마음을 전해 받았으니 가만히 있을 수 없었다. 한국에서 엄마가 소포로 보내준, 아껴뒀던 김밥용 김을 꺼내 정성스럽게 김밥을 말아 루쯔가 준 밀폐용기에 담았다. 그릇을 돌려받은 루쯔는 감동을 받았는지 그 자리에서 김밥 사진을 찍어 독일에 있는 아내에게, 딸에게 자랑했다. 이를 계기로 전보다 더 가까워진 우리는 그 뒤로

마트에서 맥주를 살 때마다
루쯔가 떠오른다.

도 술에 대해 신나게 이야기하며 외국 생활의 적적함
을 달랬다.

우린 종종 대형마트에 함께 가서 그곳에 펼쳐진
수많은 종류의 술을 구경하고, 평가하곤 했다. 그런
다음 가까운 펍에 가서 맥주 한잔 하면서 놀다가 헤
어지는 게 놀이 코스였는데 루쯔가 독일 맥주 브랜
드인 '바이엔슈테판' 여섯 병 세트를 사주면서 "후니,
이게 내가 제일 좋아하는 독일 맥주야"라며 활짝 웃
었던 기억이 난다. 그렇게 늘 친구처럼, 푸근한 이웃

집 아저씨처럼 곁에 있어준 루쯔가 3개월짜리 어학 연수 코스를 마치고 뮌헨으로 돌아가던 날 나는 펑펑 울었고, 루쯔는 자신의 집 주소를 알려주며 꼭 놀러 오라는 말로 나를 달랬다. 루쯔가 떠나기 전날 밤, 우리는 이별주로 북아일랜드에 증류소가 있는 부쉬밀 12년을 선택했다. 스코틀랜드와 아일랜드는 서로 자기네가 위스키의 원조라고 주장하지만 그날만큼은 아일랜드 쪽에 손을 들어주고 싶었을 정도로 이별주는 특별히 맛있었다.

루쯔가 떠나는 날 이별주로 함께 마신 부쉬밀 12년. 세계에서 가장 오래된 아일랜드 증류소로 아이리시 전통 방식을 고수하는 곳. 부드럽고 풍부한 향을 지녀 입문자용으로 강력 추천한다.

6개월 뒤 나는 어학원 코스를 모두 마치고 독일 루쯔 집에 약 열흘간 머물며 뮌헨에서 열리는 세계 최대 맥주 축제 옥토버페스트부터 마터호른, 오스트리아 국경의 작은 마을들을 구경하는 호사를 누렸다. 매일 밤 루쯔 부부의 친구들이 놀러와 맛있는 음식과 맥주를 잔뜩 먹고, 자기 전에는 소화제로 슈냅스를 한잔 마시고 자는 일정이 계속됐다.

루쯔에게 너무나 큰 신세를 졌지만 줄 수 있는 것이 아무것도 없었다. 독일을 떠나던 날, 기차역까지 마중을 나온 루쯔에게 "훗날 내 결혼식에 루쯔와 부인 마리아네를 초청하겠다"면서 "꼭 성공해서 신세진 것을 반드시 갚겠다"고 호언장담했다. 가진 것 없던 나는 미래에 대한 공수표를 날리는 것밖에는 할 수 있는 것이 없었다.

하지만 루쯔는 쿨하게 고개를 저으며 말했다.

"후니, 인생이란 말이야. 내가 받은 것을 꼭 준 사람에게 돌려줄 필요는 없어. 내가 너한테 해준 것을 내가 아닌, 다른 사람에게 돌려줄 수 있다면 난 그것으로 충분하단다."

루쯔의 조언에 내포된 의미를 알아가는 데는 꽤 오랜 시간이 걸린 것 같다. 일단 누군가에게 '줄 것'이 있는 사람이 되는 것조차 쉬운 일이 아니었다. 혹독한 취업난을 겪고 사회생활을 시작하고 나서는 타인에게 도움이 될 만한 일을 한 뒤 종종 루쯔의 말을 떠올렸지만 작은 기대라도 갖게 되는 것이 인지상정이었고 실망과 아쉬움이 뒤따르는 경우도 잦았다.

사랑했던 친구에게 배신을 당했을 때, 믿고 따랐던 회사 선배에게 뒤통수를 맞았을 때 세상을 짝사랑하는 기분이 들어 울기도 많이 울었다. 루쯔의 말을 직설적으로 해석하면 "주고받는 것에 너무 연연하면 인생이 피곤해진다. 사람에게 기대를 하지 말아라"
일 것이다. 머리로는 이해하는데 여전히 가슴이 뜨
거워 마흔이 가까운 나이에도 실은 그게 잘 안된다.
좋아하는 것에 뜨겁지 않을 수 있다면 진작에 술을
끊었을 지도 모른다.

　루쯔는 지금쯤 어디서 무엇을 하고 있을까. 잊고
있던 루쯔를 떠올린 건 2021년에 맛본 특별한 위스
키 때문이었다. 한국에서 생산된 최초의 싱글몰트 위
스키. '기원'이었다. 이 위스키를 보자마자 비 오는 겨
울 아일랜드 에니스 시골 마을에서 위스키를 꺼내 한
모금 홀짝이며 행복해하던 루쯔의 얼굴, 루쯔와의 추
억들이 스쳐 지나갔다. 술과 음식에 대해 오고 간 수
많은 대화 속에 "혹시 한국에도 위스키가 있니?"라고
조심스레 물어보던 루쯔. 언젠가 다시 루쯔를 다시
만나게 된다면, 꼭 K-위스키를 선물할 것이다.

K-맥주가 낳은 K-위스키, 기원

서울신문에 연재됐던 '심현희 기자의 술 이야기'
라는 코너를 쓰기 위해 머리 싸매고 아이템을 고민하
던 2021년 어느 날, 수제 맥주 산업 초창기부터 알고
지내온 브라이언 도(도정한) 쓰리소사이어티스 대
표에게 반가운 연락이 왔다. 잘 지내냐는 안부 전화
는 아니었다. 그는 대뜸 요즘 위스키를 만들고 있다
는 소식을 전했다.

도 대표는 국내 주류업계의 살아있는 전설이다. 마이크로소프트 직장인 시절부터 홈브루잉이 취미였던 그는 주류시장이 막 취향 시장으로 바뀌기 직전이었던 2010년대 초반부터 서울 경복궁 인근 서촌에 '합스카치'(Hopscotch) 매장을 운영하며 트렌디한 맥주와 위스키를 판매하다가 2014년 수제맥주회사 핸드앤몰트를 창업했다. 핸드앤몰트는 크래프트맥주 개념이 이제 막 알려진 한국에서 맥주 마니아들에게 열렬한 지지를 받는 양조장이었다. 경기 가평군 청평에서 소규모로 재배한 신선한 홉을 넣어 만든 웨트 홉(wet hop) IPA가 출시되는 날에는 이 맥주의 탭이 꽂힌 펍에 오픈런 현상이 일어나기도 했다. 홉은 금방 시들기 때문에 가루로 만들어 얼려서 유통하는 것이 일반적이지만, 홉을 수확하자마자 바로 맥주를 양조하면 햅쌀로 지은 밥처럼, 프레시한 맥주를 맛볼 수 있다.

핸드앤몰트는 대기업 라거 맥주가 오랫동안 지배해온 한국 맥주 시장에 소규모 크래프트 정신을 제대로 구현해내는 최고의 양조장 가운데 하나로 이름을 날렸다. 그러던 2017년의 어느 날, 맥주 팬들에게 청천벽력 같은 소식이 전해졌다. 한국 크래프트 맥주의 상징이었던 핸드앤몰트가 세계최대맥주회사인 안호이저부시 인베브(AB인베브)의 자회사 오비맥주에 인수됐다는 뉴스였다. 당시 나는 그 소식을 가장 먼저 기사로 전했다. '맥덕기자'로서 기사를 쓰는 내내 손이 덜덜덜 떨렸던 기억이 난다.

소규모로 다양한 개성을 가진 맥주를 창조해내는 크래프트 맥주 산업의 특성상, 대기업에 한번 인수되면 예전의 개성과 퀄리티를 유지하기가 상당히 어려워진다. 규모의 경제로 돈을 버는 회사들은 크래프트 맥주의 브랜드 영향력을 이용해 대량 생산 방식으로 맥주 공정을 바꿀 것이고, 그 순간 소규모 양조장에서만 맛볼 수 있는, 효모가 살아 있는 맥주라든가 새로운 실험을 통해 나오는 창의적인 맥주는 접을 수밖에 없게 된다. '소규모 양조장을 뺏어가는 나쁜 대기업' 따위의 대결 구도를 조장하고 싶은 것은 아니다. 그럴 수밖에 없는 세상의 이치에는 충분히 동의한다. 하지만 다양성, 창의성, 개성 등 크래프트 맥주만이 가지는 고유의 가치를 사랑해온 맥주 팬들이 반길 만한 뉴스는 아니었다.

뉴스는 뉴스고, 일은 일일 뿐이다. 한편으론 도 대표가 부럽기도 했다. 핸드앤몰트의 지분 100%를 소유하고 있었던 오너 경영인으로서 오비맥주에 회사를 팔면서 창업 3년 만에 '잭폿'을 터트리게 된 것이다. 안정적인 회사를 관두고 자신이 좋아하는 일로 시기적절한 때에 사업 기회를 창출해 시장에서 인정을 받았다는 사실은 그게 행운이든 실력이든 놀랍고 의미 있으며 가치 있는 성공 스토리였다. 수십억의 현금을 쥔 도 대표는 앞으로 뭘 할까 궁금했다. 나라면 하와이로 가서 평생 놀고 먹을 텐데.

"제가 이번에 위스키를 만들었는데, 한번 맛보시죠."

그의 선택은 위스키였다. 핸드앤몰트를 매각한 지 3년이 지나자 그의 손에는 맥주가 아닌 위스키가 들려 있었다. 맥주를 증류해 오크통에 숙성하면 위

스키가 되고, 와인으로 같은 과정을 거치면 코냑이
된다. 이탈리아에서는 와인 찌꺼기를 증류해 '그라
파'를 만들어 먹는다. 그러니까 그는 수제 맥주를 만
들어 국내 '발효주' 시장에서 정점을 찍고, 졸업 후
'증류주 시장'이라는 새로운 사업에 도전장을 내민
것이다.

　"대만도 있고 일본도 있는데 한국은 왜 싱글몰트

위스키가 없을까?"

　세상의 모든 창업은 결핍에서 비롯된다. 해외 출장이나 여행길의 즐거움 중 하나는 공항 면세점에서 저렴하게 판매하는 술을 구입하는 것이다. 특히 위스키 마니아들에게는 언제부턴가 같은 아시아 국가인 대만이나 일본을 다녀올 때 그 지역의 위스키를 사오는 것이 당연한 일이 됐다. 대만의 카발란과 일본의 야마자키, 히비키 등 싱글몰트 위스키가 전 세계 위스키 마니아들의 입맛을 사로잡아 스코틀랜드의 스카치, 미국 버번 위스키 못지않은 인지도를 쌓았기 때문이다.

　싱글몰트 위스키는 100% 보리(맥아)즙을 증류해 한 곳의 증류소에서 숙성한 위스키를 뜻한다. 여러 곡물을 섞어 여러 증류소의 위스키를 한데 모아 만드는 블렌디드 위스키보다 지역 특성이 살아 있고, 풍미도 개성이 강한 편이다. 전 세계에서 가장 많은 싱글몰트 위스키를 생산하는 국가는 '원조 맛집' 스코틀랜드. 일본은 1920년대에 처음 싱글몰트 위스키를 만들었고 대만은 2000년대에 시작해서 아시아에 싱글몰트 위스키 열풍을 일으켰다.

그런데 우리는? BTS가 빌보드 차트를 석권하고 '오징어 게임'이 넷플릭스를 장악했으며 배우 윤여정이 오스카를 품고 손흥민 선수가 프리미어리그 득점왕을 차지했는데도 인천공항 면세점 위스키 코너에 '국산 위스키'가 보일 일은 없었다. 임페리얼, 윈저 등 시중에 판매하는 국산 위스키는 스코틀랜드 등지에서 원액을 가져와 병입한 제품이다.

"한국을 대표할 만한 싱글몰트 위스키가 있으면 얼마나 좋을까"

아쉬움을 가진 사람들이 많았다. 도 대표도 이 '결핍'을 느꼈다고 한다. 그는 핸드앤몰트 매각 대금으로 경기 남양주시에서 한국산 싱글몰트 위스키를 만드는 증류소를 지었다. 이를 위해 스코틀랜드에서 40년간 위스키를 만든 장인을 영입하는 데 공을 들였다.

2021년 처음 출시돼 국내에 시범적으로 딱 500병만 유통된 '호랑이 에디션'은 오크통에서 1년간 숙성한 어린 위스키다. 스코틀랜드, 아일랜드, 캐나다에서는 최소 3년 이상 오크통에서 시간을 보낸 위스키만이 법적으로 위스키라는 이름을 부여받을 수 있지만, 한국은 고작 1년으로 그 기간이 훨씬 짧다. 미국은 위스키의 최소 숙성 기간에 관한 규정이 없다.

1년 내내 서늘한 스코틀랜드와 달리 한국은 겨울이 매우 춥고 여름은 아주 덥다. 이 극단적인 기온 차는 오크통의 수축과 이완 작용을 활발하게 해 위스키의 맛과 향을 좌우하는 나무의 특성이 술에 잘 스며들게 한다. 한국의 싱글몰트 위스키는 숙성마저 '빨리빨리' 진행돼 시간을 절약할 수 있는 장점이 있는 셈이다. 한국에서의 1년 숙성이 스코틀랜드의 5년 숙성과 같다는 말도 나온다.

다만 세금이 걸림돌이다. 그동안 한국에서 위스키가 나오지 않았던 이유 가운데 하나는 비싼 세금 체계 때문이었다. 만들어도 비싼 세금을 내고 나면 별로 남는 게 없으니 사업성 있는 상품이 될 수 없었던 것이다.

현재 우리나라에서 맥주와 탁주를 제외한 모든 술의 세금 부과 기준은 '종가세'다. 종가세는 출고 가격을 기준으로 세금을 매기는 방식이다. 종량세는 수량을 기준으로 세금을 매기므로 술의 용량이나 알코올 도수가 과세표준이다.

종가세는 술의 출고 가격이나 수입 신고 가격이 세금을 부과하는 기준이 되기 때문에 원료 값이나 인건비, 시설비 등이 모두 세금에 반영된다. 정부는 소주와 위스키에 동일하게 72%의 세율을 적용하고 있다. 여기에 교육세 30%가 추가돼 위스키 한 병을 만들어 팔면 102%의 세금을 내게 된다. 대량 생산이 어렵고, 숙성 기간까지 오랜 시간이 걸리는 위스키는 엄청난 세금을 부담할 수밖에 없다.

종가세에서 종량세로 전환된 맥주나 탁주처럼 국내 주류산업 발전을 위해서 위스키에도 종량세를 적용해야 한다는 목소리가 나오고 있지만, 소주와의 형평성 때문에 정부 입장에서는 쉽게 세금 체계를 전환할 수 없는 노릇이다. 한국에서 위스키 증류소를 하려면, 이처럼 현실적인 장애물이 만만치 않다.

그럼에도 쓰리소사이어티스 외에 현재 김포시에서 김창수 위스키 증류소 대표가 싱글몰트 위스키를 만들어 소량 판매하고 있다. 롯데칠성음료도 '제주 위스키'를 준비하고 있으며 신세계도 위스키 사업을 고민하고 있다. K-싱글몰트 위스키는 이제 갓 걸음마를 뗀 산업이지만 우리가 가진 잠재력을 잘 살려 머지않아 전 세계의 공항 면세점에서 '코리안 싱글몰트 위스키'를 선보일 수 있기를 기대해본다.

Part 7

K-브랜디의 경쟁력

이상한 출장

지난해 봄 제주도로 출장을 갔다. 울릉도에 가기 꼭 두 달 전이었다. 언제까지 건강하게 살아서 술을 마실 수 있을지 모르겠지만 확실히 제주도와 울릉도 여행을 마치고 수명이 팍 줄어든 느낌이 들었다. 울릉도에서는 서울에서부터 들고 간 350만 원 어치의 와인을 이틀 만에 다 퍼 마셔버리고, 마지막 날 마실 술이 부족하다며 섬으로 들어오는 후발 주자에게 와인을 조금만 더 사와 달라 부탁해 육지로 돌아오는

제주 출장에서 머무른
펜션의 식탁 위에 놓인
와인들. 서울에서 공수해간
이 와인들을 하룻밤 만에
해치울 줄은 몰랐다.

배 안에서까지 취기를 붙잡았다.

제주 출장에서는 일행 네 명이 2박 3일 동안 마시겠다며 와인 13병 정도를 가져갔다. 하지만 절제력 없는 우리는 이 와인들을 제대로 분배하지 못하고 하루 저녁 사이에 몽땅 마셔버렸다. 다음 날 아침, 숙소 거실에 나뒹구는 빈 와인 병들을 뒤로하고 첫 일정을 소화하러 카니발에 올라탔는데 무거운 정적이 흘렀다. 다들 비슷한 심정이었을 것이다. 지옥 같은 숙취 속에 밀려오는 황당함, 한심함, 부끄러움, 후

회… 이어지는 자기 성찰. 대체 왜 그렇게까지 술을 마셔야 했을까. 술과는 단 1도 관련이 없는 출장이라는 사실에 자괴감은 점점 깊어졌다.

사실 제주도에는 '밭쌀'을 취재하러 갔다. 1980년대 이후 자취를 감춘 밭쌀이 제주의 지역 상품으로 부활한다는 소식을 듣고 이를 기사로 쓰기 위해서였다. 화산토로 이뤄진 제주 땅은 구멍이 숭숭 뚫린 토양의 특성상 물을 가두지 못해 논농사를 짓기 어렵다. 친수성 작물인 벼는 밭에서도 자랄 순 있지만 논농사보다 까다롭고 생산성도 절반 이상 떨어진다. 1970년대 생산성이 뛰어난 통일벼가 전국적으로 보급되면서 우리나라는 더 이상 '보릿고개'를 겪지 않아도 됐고 제주 방언으로 '산듸'라고 불렸던 이 지역 밭쌀도 명맥이 거의 끊겼다. 곡창지대가 펼쳐진 육지에서 쌀이 넘쳐나는데 농사 짓기도 힘든 밭쌀을 애써 길러 먹을 필요가 없어졌기 때문이다.

하지만 서귀포시 대정리라는 마을에 밭쌀을 소규모로 재배하는 농부가 존재했고, 한 유통업자가 이를 상품화하기 위해 계약재배를 맺었다. 지난 가을 첫 수확한 산듸는 마켓컬리에서 팔렸다. 반응이 나쁘지 않아 추후 수확량을 늘릴 계획이란다.

밭쌀을 술로 만들었다는 이야기도 아니고, 도무지 술과의 관련성을 찾아볼 수도 없고 술을 마셔야 할 이유가 전혀 없음에도, 틈틈이 우리는 매끼 술과 맛있는 음식을 찾아 헤맸다. 술을 마신 양으로 치면 대학교 MT 때보다 더 마신 것 같다. 저녁 식사로 부르고뉴, 나파 밸리, 시칠리아, 보르도 등의 화이트 와인을 싹 다 모아 바다에서 갓 잡아 올린 해산물과 함께 먹고 나면, 레드 와인과 고기의 조합이 그렇게 당길 수가 없었다.

숙소로 돌아오는 길에 제주 토종소인 '흑우'를 사

서 팬에 구워 레드 와인을 머금으니 비로소 '오늘 하루가 꽉 찬 느낌'이 들었다. 가수 성시경 씨가 본인의 유튜브 채널 '먹을텐데'에서 국밥에 소주를 먹고 나면 "하루가 꽉 찬 느낌이 든다"고 했지만, 솔직히 나는 붉은 고기에 레드 와인을 마시고 후식으로 라면을 끓여 먹는 하루에 더 꽉 찬 느낌을 받는다.

그렇게 밤새 먹고 마시는 이야기로 수다를 떨다가 흥이 오르면 노래를 하고 춤을 추었다. 누구 하나 테이블에 머리를 박고 곯아떨어져야만 술자리는 끝났다. 출장이 아니라 꼭 인생을 포기하기 위해 제주

인생을 포기한 순간에도 이세이 미야케를 입었다.

도에 온 것 같았다.

마지막 날 아침, 일행 가운데 한 명이 카니발에서 "여기까지 왔는데 제주 감귤로 한국식 브랜디를 만드는 '시트러스' 양조장에 얼굴도장을 찍고 가자"고 제안했다. 정말이지 연일 계속되는 지나친 음주로 간이 썩어 말라 비틀어질 것 같았다.

제정신이라면 "여기서 어떻게 또 양조장에 가자는 소리가 나오냐"라고 푸념했겠지만, 그 카니발 안에는 정상인이 하나도 없었다. 술꾼으로 평생을 살다 보니 어느새 주변에 정상적인 사람이 한 명도 남지 않은 탓이다.

당일 아침까지만 해도 정적이 흐르던 카니발에는 갑자기 군침을 흘리는 소리로 가득 찼다. 똑똑히 기억났다. 일전에 그가 술자리에 가져와 맛본 제주 감귤 브랜디의 원주가 그렇게 맛있을 수가 없었다. 브랜디란, 과일 발효주를 증류한 술을 뜻한다. 기분 좋은 귤껍질향과 오크향의 조화로움은 우아했다. 시판되지 않는 '원주'이므로 도수가 무려 62도였는데도 목구멍을 부드럽게 통과했다. "한국에도 이렇게 뛰어난 브랜디가 있었나" 하고 놀랐었다.

바로 그 브랜디, '신례명주'를 시음하러 간다는데 거절할 이유가 없었다. 며칠 누적된 알코올성 피로감이 한순간에 날아가는 듯했다.

"너무 피곤하니까 차라리 고도수 증류주로 간을 마비시켜 비행기 타기 직전까지 술을 더 마시는 게 낫지 않을까?"

카니발은 서귀포 북동쪽으로 향했다.

샤또 말레스까스
Chateau Malescasse

3~4만 원대 보르도 와인 가운데 가성비 극강 와인. 프랑스 보르도 오메독 지역의 와인으로 체리, 산딸기 등의 과실향과 기분 좋은 타닌의 밸런스가 좋으며 저렴한 가격의 와인 치고 피니시도 훌륭한 편이다. 신동빈 롯데그룹 회장이 이 샤또를 구매하려다가 무산됐다는 설이 있다. 정용진 신세계그룹 부회장이 미국 나파 밸리의 셰이퍼 와이너리를 3,000억 원에 인수하자 이에 자극을 받은 롯데가 프랑스 쪽에 살 만한 와이너리를 알아봤는데 당시 이 샤또가 매물로 나온 것이다. 만약 롯데가 이 샤또를 샀다면, 신세계의 미국 vs 롯데의 보르도 대결 구도가 흥미진진했을 것 같다. 해외 와이너리를 인수하겠다고 공식적으로 발표한 롯데가 끝내 구입할 와이너리는 어디일지도 궁금하다.

완벽한 해장술, 신례명주

시트러스 양조장은 서귀포 귤 산지인 남원읍 신
례리의 감귤 농가들이 힘을 합쳐 남는 귤의 부가가치
를 높이기 위해 만든 회사다. 잘생긴 귤은 소비 시장
에서 제 가격을 받고 팔려나가지만 상품성이 떨어지
는 '못난이' 귤은 그렇지 않다. 이런 재료로 술을 만
들면 생산자, 소비자 모두 행복해진다. 감귤로 만든
술이 지역의 명물로 재탄생한다면 양조장은 사람을
끌어모으는 거점이 될 수 있다. 잘 만든 술 하나가 관

광 콘텐츠가 되어 지역 주민 모두를 먹여 살리는 사례를 우리는 해외에서 무수히 봐왔다.

더군다나 최근 10년간 국내 과일 농가의 수익성은 악화하는 실정이다. 예전에는 남는 과일을 과일주스로 만들어 잘 팔았지만 건강을 중요시하는 소비자들이 늘어난 요즘은 당도 높은 과일주스를 판매하기가 마냥 쉽지만은 않다. 과일 농가의 유일한 돌파구가 어찌 보면 '술'일 수 있는 셈이다. 특히 완성된 술이 변질되지 않아 상품 가치가 오랫동안 유지되는 브랜디는 세계 시장에서도 충분히 경쟁력을 가질 만하다. 브랜디가 'K-술'의 미래가 될 수도 있다.

시트러스 양조장에서 생산되는 술은 여러 종류가 있었다. 감귤 발효주인 혼디주, 보급형 신례명주인 알코올 도수 25도짜리 미상, 그리고 50도 브랜디 신례명주 등이 대표적인 상품인데, 모든 제품의 품질이 코냑을 만드는 프랑스나 위스키 종주국인 아일랜드, 영국에 내놔도 부끄럽지 않을 정도로 뛰어났다. 이 가운데 혼디주를 증류해 프렌치 오크와 아메리칸 오크에서 2년 이상 숙성한 신례명주는 압권이었다.

고도수 증류주가 '명품'으로 평가받기 위해서는 품질 면에서 크게 두 가지 요소가 충족되어야 한다. 먼저 풍부한 향이다. 사람들이 위스키, 브랜디, 중국의 바이주 등을 즐기는 이유는 이 술들이 '향수' 혹은 '디퓨저' 같은 기능을 하기 때문이다. 특정 농산물을 발효해 순수 알코올을 증류하고 숙성했을 뿐인데 바닐라, 오렌지, 초콜릿, 계피, 열대과일까지 다채로운 향기가 폭발한다. 이것들을 잔에 따라 천천히 마시는 것도 향을 충분히 느끼기 위함이다. 또 하나는 '알코올 도수를 숨기는 것'이다. 고도수라고 해서 입안에서 높은 알코올을 그대로 느끼면 마시기가 힘들다. 하지만 잘 만든 술은 자신의 높은 도수를 맛으로 철저히 숨긴다. 알코올 특유의 향 '부즈'가 많이 드러나지 않고, 폭발하는 아로마는 입안에서 매끄러운 텍스처로 전환돼 목구멍을 부드럽게 넘어간다.

결국 훌륭한 증류주는 위험한 술이다. 치명적인 향으로 사람을 유혹하고, 자신의 도수를 숨긴 채 술 마시는 것을 멈출 수 없게 만든다. 이 조건을 신례명주는 두루 갖추었다. 새콤달콤하고 고급진 향과 깔끔한 뒷맛에 50도인지도 모르고 무한대로 마시다가는 정말로 인생을 포기할 수도 있으니 조심, 또 조심해야 한다.

제주도의 작은 마을 양조장에서 만든 신례명주는 우리나라에서 가장 큰 주류기업인 하이트진로의 프리미엄 소주 브랜드 '일품진로'와 형제지간이라고도 할 수 있다. 아버지, 즉 술을 만든 이가 같아서다.

바로 이용익 공장장이다.

그는 희석식 소주가 지배하는 한국에서 보기 드문 '증류주 장인'이다. 1975년 진로에 입사해 JR, 길벗, VIP, 임페리얼 등 국산 위스키 제작을 책임졌다. 1980년대에는 증류식 소주도 직접 만들었다. 값싸고 만들기 편한 희석식 소주는 확실히 회사의 돈벌이가 되는 '캐시카우'였지만 일찍이 스코틀랜드 증류소 일대를 다녀오며 '증류주'에 대한 열정을 키워온 그는 국민 소득이 높아진다면 언젠가 희석식 소주 시장이 고급 증류식 소주로 넘어갈 것이라고 예측했다. 하지만 시기가 너무 일렀다. 진로는 이 원액을 희석식 소주에 섞어 '참나무통 맑은소주'라는 이름으로 팔았고, 애주가들 사이에서도 좋은 반응을 이끌어 냈지만 끝내 경영 악화를 겪으며 제품이 단종돼버렸다. 그가 심혈을 기울여 만든 증류 소주는 재고로 잔뜩 남아 오크통에 보관돼 방치됐다.

그런데 훗날 그의 진심이 시장에서 통했다. 맥주 회사 하이트가 2005년 소주회사 진로를 인수합병하면서 진로가 이천공장에 만들어 놓았던, 증류 원액이 담긴 수천 개의 오크통을 발견한 것이다. 하이트진로는 고심 끝에 재고를 처리하기 위해 '일품진로 10년'을 내놓았고, 이후 프리미엄 소주 시장이 커지면서 일품진로는 업계를 선점하게 된다. 일품진로가 흥행하면서 원액은 빠른 속도로 바닥이 나 2017년에는 그가 만든 오리지널 증류 소주가 단종되기에 이르렀다. 한때 마트에서 1만 원대에 팔렸던 일품진로 10년은 현재 중고 시장에서 10만 원 이상에 거래될

오크통에서 익고 있는
신례명주.

정도로 '명품' 취급을 받는다. 단종된 이후 나오는 '일품진로 1924'는 숙성 탱크에 6개월 숙성한 술이다.

이 헤리티지를 그대로 이은 신례명주가 맛있을 수밖에 없는 건 당연한 일이다. 하지만 2015년 설립 당시에는 대중에게 '감귤 브랜디'라는 개념도 생소했고 판로를 비롯해 유통에 어려움이 있었다. 농가들도 돈이 없어 사업에 필요한 최소 비용만 어렵게 구해서 창업한 실정이어서 원료 살 돈도 없이 양조장의 빚만 늘어나고 있었다. 시트러스의 작품성과 진정성이 돈 때문에 무색해질 즈음 귀인이 나타났다. 음식업계의 슈퍼스타인 백종원 더본코리아 대표가 SBS <맛남의 광장>을 통해 시트러스 양조장을 소개하고 직접 투자까지 단행하며 대대적으로 홍보를 해준 것이다. 사람들의 관심을 받게 되자, 실력을 이미 갖추고 있던 시트러스의 술은 훨훨 날기 시작했다. 이제는 '미상25'가 편의점에서도 팔린다.

극한의 숙취로 내 컨디션은 바닥이었지만 이날 공장장님의 밝은 표정을 보니 속이 풀리는 것 같았다. 술꾼끼리는 의리가 있다. 서로 잘되면 그렇게 보기 좋을 수가 없다. "와 술을 그렇게 마시고도 해냈구나" 하는 경이로움도 느껴지고 자신도 성찰하게 된다. 나는 잘 살고 있는가. 술이 나의 루틴을 깨고 있지는 않는가.

공장장님은 기대를 저버리지 않았다. "요즘은 편의점 납품을 준비하느라 정신이 없다"면서도 오크통에서 술을 퍼와 숙취를 부여잡고 양조장을 찾은 우리에게 62도짜리 원주를 따라주었다. 술의 향을 맡고, 입속에서 음미하며 뜨거운 액체가 목구멍을 통과해 온몸의 혈관으로 퍼지는 대략 5초의 시간 동안 마법을 경험했다. 숙취가 말끔히 풀려버린 것이다. 세상에서 가장 위대한 해장술이 아닐 수 없었다. 죽어가기 직전 상태에서 완벽하게 부활한 나는 결국 비행

기를 타기 전 마지막 식사로 예약해둔 줄무늬오징어
횟집에서 신례명주 원액을 마치 맥주를 마시듯 콸콸
부어버렸고… 그 이후로는 아무 기억이 나지 않는다.
김포공항에 이륙해 집에 무사히 오긴 했다. 그리고
다행히 지금까지 인생을 포기하지 않고 인생을 포기
한 사람들의 이야기를 쓰고 있다.

백종원은 왜 K-브랜디에 투자했을까

　　백 대표는 왜 시트러스에 투자했을까. 그가 어마어마한 영향력을 가진 스타로서 지역 경제 살리기 차원에서 '좋은 일'을 했다는 평가를 받기 위해서였을까? 이미지 관리를 하고 싶을 만큼 유명한 탓도 있겠지만 그는 스타이기 전에 사업가다. 나는 그가 K-술, K-브랜디의 경쟁력, 성장 가능성을 확신하기에 시트러스에 발을 담갔다고 생각한다.

실제로 백 대표는 2021년 '백걸리'라는 막걸리를 테스트 제품으로 내놓으며 본격적으로 전통주 시장에 뛰어들었다. 이후 전통주 플랫폼을 만들고, 그룹 방탄소년단(BTS)의 멤버 진과 함께 술 빚기 콘텐츠를 제작하며 'K-술 홍보대사'로 나서고 있다. 처음 그의 진출 소식이 퍼지자 "외식업에서 대성공해 큰돈을 벌었으면 됐지 코딱지만 한 전통주 시장에도 들어오려고 하느냐"는 비판적 여론도 있었지만 전통주 업계에서는 오히려 그의 등장을 대환영했다.

장수막걸리나 백세주처럼 대량 생산되는 전통주를 제외하고, 농업회사법인이 만드는 소규모 양조장의 전통주와 지역 특산주는 온라인 판매가 허용되면서 판을 바꿀 기회를 맞았다. 그 기회를 잘 살려 해마다 개성 있는 소규모 양조장이 점차 늘고, 시장도 활기를 띠고 있으나 규모는 여전히 작다. 수입 와인 시장과 비교하면 10분의 1에도 못 미친다.

이런 상황에서 증류 소주 '원소주'를 히트상품 반열에 올린 가수 박재범이나 백 대표 같은 스타들의 존재감은 시장 성장세에 긍정적인 효과를 미칠 것이다. 실제로 백 대표는 "미국 뉴욕 한복판에 증류소를 세워 한국의 증류주를 제대로 알리고 싶다"고 말하기도 했다. 현실로 이루어질지는 모르겠지만 그의 취지나 진심에는 200% 공감하는 바이다.

신례명주뿐만 아니라 현재 우리나라에는 몇몇 수준급 브랜디가 K-술의 글로벌 경쟁력을 리드하고 있다. '코리안 칼바도스'라고 불리는 예산 사과 와인의 '추사40'도 신례명주 못지않은 완성도와 스타성을 갖춘 술이다. 칼바도스는 사과를 증류한 술이다. 날씨가 추워 와인을 생산하기 힘든 프랑스 북서부에서 시드르(사과 발효주)를 만들어 마셨는데, 이를 증류한 것이다. 추사는 오리지널 프렌치 칼바도스와 비교 시음해도 손색이 없다. 풍부한 과일향과 산뜻

한 산미, 오크 숙성에서 오는 바닐라 뉘앙스, 브랜디 마니아들 사이에서 추사는 이미 입소문이 나 있어 구하기 힘든 것이 단점이지만 소장 가치가 충분한 술이라고 생각한다.

참고로 추사 같은 칼바도스 한 병에는 사과 약 30알이 들어간다. K-칼바도스가 글로벌 시장에서도 경쟁력을 인정받는다면 국내 사과 농가 역시 생존 걱정할 일이 없을 것이다.

위스키 오크통을 만드는 쿠퍼,
이언 맥도널드

한 병의 술이 만들어지기까지는 여러 직업군이 관여한다. 먼저 농부는 술의 원료가 되는 곡물이나 과일을 생산한다. 이후 양조사는 수확한 농산물을 액체로 만들어 온도와 효모를 조절해 이 액체를 술로 변신시킨다. 전문 블렌더들은 최상의 맛을 내기 위해 여러 오크통에서 숙성한 술을 섞기도 한다. 최종적으로 완성된 술은 공장으로 넘어가 병이나 캔에 담겨 시중에 판매된다. 여기까지는 우리가 일반적으로 알고 있는 술 제작 과정이다.

한국을 찾은
오크통 장인과 함께.

그런데 이 속에 '보이지 않는 손'이 하나 있다. 바로 오크통을 만드는 사람이다. 한국에는 없는 직업군인 이들을 유럽과 미국에서는 '쿠퍼'(cooper)라고 부른다. 쿠퍼는 양조사와 블렌더만큼 술맛을 절대적으로 좌우하는 직업이다. 술이 숙성되는 과정에서 오크통의 향미를 빨아들이기 때문이다. 잘 익은 위스키나 와인에서 바닐라, 견과류, 나무향 등을 복합적으로 느낄 수 있는 것도 오크통의 영향이다.

영국 스코틀랜드 스페이사이드 지역의 세계적인 증류소 발베니의 소속으로 오크통을 만드는 쿠퍼, 이언 맥도널드를 서울에서 만났다. 악수를 하는데 그의 손에는 굳은살이 박여 있고 찢어져서 꿰맨 상처가 선명했다. 그는 "쿠퍼들은 나무 조각을 접착제 없이 붙여 원통형의 오크통을 만드는 일을 하는데 기계를 쓰지 않고 일일이 손으로 만들어야 하기 때문에 숙련된 기술력은 필수"라고 했다.

그는 위스키의 본고장인 스코틀랜드에서 약 50년간 오크통을 만든 '오크통 장인'이다. 하루 평균 20개를 제작해 지금까지 약 240만 개에 달하는 오크통을 완성했다. 그는 "위스키 증류소가 많은 스코틀랜드에서 쿠퍼로 일하는 사람은 대략 200명이며 정식 쿠퍼가 되려면 4년간의 견습 과정을 반드시 거쳐야 할 정도로 고도의 전문성이 요구된다"고 했다.

쿠퍼가 만드는 오크통은 크게 두 종류로 나뉜다. 미국산 참나무로 만든 아메리칸 오크와 유럽 참나무로 만든 유로피언 오크다. 이 가운데 어떤 오크를 쓰느냐에 따라 술의 맛이 달라진다. 아메리칸 오크는 버터향, 바닐라향이 진하고 유로피언 오크는 과일향이 짙은 편이다. 아메리칸 오크에는 옥수수를 주요 원료로 한 미국의 버번 위스키를 숙성하고, 유로피언 오크는 주정강화 와인인 스페인산 셰리 와인을 주로 담기 때문이다. 그는 "위스키를 숙성할 때 새 오크통을 쓰면 오크에 밴 캐릭터가 강해 부드러운 맛이 사라지기 때문에 여러 번 사용한 오크통을 재활용한다"고 설명했다.

오크의 종류에 따라 몸값도 달라진다. 코로나19 이전 아메리칸 오크는 100파운드(약 14만 원), 유로피언 오크는 700파운드 정도에 거래되었으나 코로나19 이후 가격대는 천정부지로 치솟았다. 참나무 한 그루가 완전히 자라는 데 70~100년이 걸린다는 사실을 떠올려 보면 비교적 저렴하다고 볼 수도 있다. 아메리칸 오크의 가격이 훨씬 싼 이유는 크기와 수요의 영향 때문이다. 미국에서는 오크 용량을 200리터로 규정해 놓은 반면 유럽에선 오크 크기에 규정이 없어 쿠퍼가 원하는 대로 만들 수 있다. 크기가 작은 미국 오크가 제작하기에는 더 쉬울 것이다. 아시아 애주가들의 '셰리 오크' 사랑도 가격에 한몫한다. 과일향이 강렬한 유로피언 오크를 특히 선호하는 이들 때문에 수요가 높은 유로피언 오크는 아메리칸 오크보다 가격대가 높게 형성된다.

그는 "전 세계 마트, 면세점 등에 진열된 수많은 위스키 병들을 바라볼 때마다 내가 만든 오크통 속에 있던 술이라고 생각하면 뿌듯하다"면서 "위스키를 즐기는 사람들이 오크통에서 술이 익어 간 시간을 떠올리며 천천히 술의 맛을 즐겼으면 좋겠다"고 말하며 웃었다.

Part 8

맥주의 본질

맥주와 이별하다

취업준비생 시절 나는 이태원의 '기네스 머신'으로 불렸다. 취준생이라는 명목으로 부모님의 신용카드를 들고 다니며 술을 마시던 25살의 나는 위험한 존재였다. 그때나 지금이나 문과 출신은 취업하기가 '하늘의 별 따기'였다. 나는 모든 에너지를 집중해 나의 스펙을 끌어올려도 모자랄 판에 술맛을 일찍 알아버렸던 탓에 결과가 좋지 않았다. 세상의 쓴맛은 그때 다 맛본 것 같다. 좌절을 많이 했다.

보통 서류부터 광속 탈락하면 절치부심해 토익 점수라도 끌어올려야 하건만, 그럴 때마다 "세상이 내 가치를 알아주지 않는다"고 씩씩거리며 이태원에 갔다. 지금은 이 동네에 다양한 레스토랑과 술집이 즐비하지만, 2010년 전후만 해도 이태원에는 서울에 거주하는 외국인을 대상으로 영업하는 저렴한 술집이 더 많았다. 오비 생맥주 한 잔을 2,000원에 팔고 일주일에 한 번은 '윙 데이'라고 해서 윙봉 열 조각이 나오는 버팔로윙 한 접시를 3,000원에 먹을 수 있었다. 역시 속세의 인정을 받지 못한 억울함이나 분노 따위는 금세 잊을 수 있는 마음 넉넉한 동네였다.

어느 날 2,000원짜리 생맥주를 배가 터질 때까지 마시고 거나하게 취해 녹사평역 쪽으로 지나가다가 간판도 없는 술집을 발견했다. 술꾼이라면 알 것이다. 아무 정보도 없고, 인테리어에는 돈 한 푼 안 쓴 허름한 집처럼 보이는데, 그동안 데이터베이스를 쌓

은 뇌가 오감을 통해 "여기는 맛집이니까 들어가시
오"라는 신호를 보낸다는 것을. 이 가게도 그랬다. 상
호 또한 아는 사람만 오라는 것처럼 작게 쓰여 있었
다. 토니스(Tony's)라고.

호주 출신의 '토니'라는 중년 남성이 운영하는 이
술집은 아일랜드, 스코틀랜드, 호주 맥주 등을 팔면
서 음식은 간단한 감자튀김이나 오븐 조리한 냉동식
품 따위가 전부인 전형적인 외국인 위주의 펍이었
다. 드럼을 치는 뮤지션인 토니는 2002년 월드컵을
계기로 한국에 놀러 왔다가 다이내믹한 우리 국민의

바이브와 예쁜 한국 여자들의 외모에 반해 서울에 정착했다. 펍을 운영하면서 토니는 일주일에 한두 번은 가게 한 켠에 작게 마련된 무대에서 공연을 했다. 그는 술을 팔아 돈을 많이 벌겠다는 생각이 크게 없는 듯했다. 기네스 파인트 한 잔을 불과 6,000원에 팔고 있었으니까. 당시 서울 시내 기네스 한 잔 가격은 평균 9,000~10,000원 선이었다.

무심코 들어가 가격을 보고 눈이 휘둥그레진 나는 당연히 기네스를 주문해 마셨는데 맙소사. 이건 기네스의 성지인 아일랜드 더블린 템플 바에서 먹었던 그 맛 그대로였다.

"사장님, 이거 진짜로 맥주 맞아요? 아이스크림 아녜요?"

그가 따라준 거품이 너무나 부드러워 되물었더

니 토니는 "우리 가게 기네스가 한국에서 최고인데 손님이 뭘 좀 아시는군요"라며 무척 기뻐했다. 그 뒤로 한 달에 두 번은 토니네 가서 술을 마셨고, 갈 때마다 기네스 케그(생맥주)를 박살 내고 왔다. 내 생일 파티 때는 우리 일행이 앉은 테이블에서 마신 기네스가 총 4만cc에 달해 줄자처럼 길게 늘어진 계산서를 가게 벽면에 훈장처럼 압정으로 박아두고 오기도 했다.

이후 토니는 나를 볼 때마다 "오, 기네스 머신 왔

구나?"라며 반갑게 맞아주었고, 누적된 맥줏잔만큼 우리 우정도 쌓여갔다. 이런저런 가벼운 이야기들을 격의 없이 나누던 그 당시 토니의 가장 큰 관심사는 빠르게 변해가는 이태원의 상권이었다. 하루는 토니가 바닐라 아이스크림 같은 기네스 거품을 입술에 묻힌 채 "우리 가게의 경쟁자들이 하나둘 생기고 있어. 카스 말고, 좀 다른 맥주를 파는 곳들 말이야"라고 말했다.

토니 말이 맞았다. 이태원을 중심으로 이 일대에는 카스, 하이트 맥주를 제외한 다른 종류의 맥주를 파는 가게가 늘어나고 있었다. 백두산, 한라산 등 우리나라 관광 명소의 이름을 붙여 직접 만든 맥주를 파는 펍도 있었고, 최신 트렌드의 수입 크래프트 맥주를 판매하는 곳도 생겨났다. 때마침 당시 이코노미스트 서울 특파원 다니엘 튜더가 "한국 맥주는 북한의 대동강 맥주보다 맛이 없다"는 칼럼을 썼는데,

이 기사가 인터넷 커뮤니티 곳곳에 올라오면서 "우리도 카스, 하이트 말고 다양한 맥주 좀 마시자"는 요구가 들불처럼 번졌다. 독과점 시장이었던 한국에서 수제 맥주 산업이 일어나게 된 배경이었다.

술이 싸고 맛있는 동네를 찾다가 이태원에서 20대 백수 시절을 보낸 덕분에 국내 주류시장이 다양성과 취향 위주로 막 변화하려는 초창기에 수제 맥주 가게들이 처음 생기고, 전성기를 맞이하는 과정을 지켜볼 수 있었다. 맥주 덕후로서 토니네 맥주에만 의존하지 않고, 다채로운 맥주를 마실 곳이 늘어났다는 건 무척 기쁜 일이었다. 금요일 술 약속을 이태원에서 잡는 것만으로도 가슴이 뛰었다. 시장을 개척해 힘차게 뻗어 나가는 수제 맥주의 기운을 받았는지 그 시기의 나도 어둠의 터널을 뚫고 취업을 했다. 이태원이 없었다면, 맥주가 없었다면 버티지 못했을 것이다. 맥주와 함께 울고 웃었던 나의 20대를 영원히 기억하고 싶었다. 입사 후 회사 이메일 아이디를 진지하게 '맥덕'(macduck)이라 지은 이유다. 그리곤 '주류전문 기자'로 성장했다.

그토록 사랑했던 맥주였건만, 언제부턴가 맥주를 잘 마시지 않게 되었다. 권태기라고 해도 좋을 것이다. 예전에는 "맥주를 마시면 배가 불러서…"라고 말하는 사람들을 도통 이해하지 못했다. 맥주를 아무리 마셔도 배가 부른 느낌이 무엇인지 몰랐다. 하지만 언제부턴가 맥주를 두 잔 이상만 마셔도 위가 가득 찬 것만 같고 배가 불룩했다. 새로 나온 맥주에도 흥미가 떨어졌다. 맥주에 대한 글을 쓰거나 관련 강의를 나가면, 했던 말을 반복하는 것 같아 지겨웠다. 가수 하림의 노랫말처럼 사랑은 다른 사랑으로 잊혔다. 와인, 위스키, 브랜디 등 다른 술이 다가와 맥주의 빈자리를 채웠다.

월급을 받으면 생 로랑 가방을 사고, 이세이 미야케에서 옷을 쇼핑하면서 스트레스를 풀었다. 갈증이 날 때면 하이볼로 해소했다. BYOB 모임에는 격 떨어져 보이지 않는, 부르고뉴나 나파 밸리 와인을 들고 갔다. 가끔 혼술로 기분을 내고 싶을 땐 스피크이지 바에 가서 싱글몰트 위스키를 병째 주문해 마시다가 "안녕히 계세요" 대신 "킵해주세요"라는 말을 남기고 귀가했다. 기쁠 때나 슬플 때 늘 곁에 있었던 맥주를 그렇게 떠나보냈다. 인생이라는 연극에서 하나의 막이 내린 것 같았다.

편의점 맥주는 수제 맥주일까

크래프트 맥주 열풍이 한창이었던 예전과 비교하면, 요즘 국내 주류시장에서 맥주의 인기는 한풀 꺾인 듯 보인다. 일본처럼 젊은 세대 사이에서 맥주보다는 하이볼을 즐기는 추세고, 40대 이상은 와인을, 비교적 높은 연령대에 제한되었던 위스키는 전보다 다양한 연령층이 찾는 분위기다. 특정 제품에 대한 다수의 선호나 트렌드가 없어지고 있는 것이 오히려 시대의 트렌드 같다.

2010년대 중반만 해도 수제 맥주는 힙스터들의 주류문화로 여겨졌다. 2014년 4월부터 시행된 주세법 개정안의 영향으로 2010년대 중후반 수제 맥주 산업이 꽃을 피운 덕분이다. "소규모 양조장은 외부로 유통할 수 없다"는 대못 같은 규제가 풀리자 열 손가락 꼽기조차 힘들었던 전국의 맥주 양조장 수는 수년 만에 150여 개까지 늘어났다. 트렌드를 따라가는 속도가 빠르고, 센스와 기술력을 두루 갖춘 젊은 K-양조사들은 미국, 유럽 양조장 못지않은 품질로 다양한 스타일의 맥주를 앞다퉈 만들었다. "한국 맥주가 북한 맥주보다 맛이 없다"는 말도 쏙 들어갔다. 드디어 많은 이들이 열망해온 맥주 다양성의 시대가 온 것이다.

하지만 수제 맥주의 전성기는 지나치게 짧았다. (아직 전성기가 오지 않은 것일 수도 있겠다) 사실 수제 맥주 입장에서는 억울한 측면이 있다. 수제 맥주 양조장들의 경쟁력이 떨어진 것이 단순히 품질 문제가 아니라 뒤틀린 시장 구조 탓이 크기 때문이다.

곰표 밀맥주, 말표 흑맥주, 오뚜기 진라거, 스피어민트 맥주……. 편의점에서 판매하는 국산 '네 캔 만 원' 맥주를 '수제 맥주'라고 부를 수 있을까. 원론적으로 수제 맥주란 '거대 자본에 종속되지 않고(독립성), 해당 양조장이 있는 지역의 특성을 살려 소규모로 생산되는 맥주이니 편의점 맥주를 수제 맥주라 부를 수는 없을 것이다. 그저 편의상 편의점에서 파는 수제 맥주 '스타일'의 맥주를 '네 캔 만 원 수제 맥주'로 칭할 뿐이다.

편의점 맥주들이 '수제 맥주'로 오인받는 건 맥주 스타일이 기존 라거 맥주에 국한되지 않고 IPA, 밀맥주, 스타우트 등 에일 맥주로 다양하기 때문이다. 이전까지는 하이트진로, 오비 등 대형 공장에서 생산된 한 종류의 라거 스타일이 한국 맥주 시장의 전부였기 때문에 '수제 맥주=에일 맥주'로 인식하는 소비자들이 많을 수밖에 없다. 물론 수제 맥주냐, 아니냐를 따지며 맥주를 마시는 것이 삶에서 크게 중요한 문제도 아니다. 술의 존재 이유는 즐기기 위한 것이니까.

하지만 요즘 편의점 위주의 맥주 시장을 보고 있으면 한탄스럽다. 브랜드 간 '컬래버레이션' 마케팅이라는 콘셉트를 통해 나오는 맥주들은, 거의 맥주의 본질에서 벗어나 있다. 해당 맥주가 어떤 맛인지, 어떤 장르인지, 무슨 원료를 썼는지는 중요하지 않다. 아무런 맥락도 없이 기존 소비 시장에 있던 브랜드 이름을 따서 맥주 캔에 붙여 출시하는 제품이 대부분이다. 물론 마케팅 차원에서 새로운 제품을 알리는 일은 매우 어려우니 컬래버레이션 마케팅을 통해 좀 더 쉽게 소비 시장에 안착할 수는 있겠지만, 소비자에게 각 제품이 얼마나 인상적으로 다가갈지는 의문이다. 특히 모든 주류 장르가 다양성, 취향 위주로 성숙해진 지금 이 시대에 말이다.

수제 맥주 산업 측면에서도 편의점 맥주 시장은 양날의 검이다. 수제 맥주 스타일의 맥주가 대중화됐다는 점에서는 긍정적이지만 이 장점이 정작 수제 맥주 산업의 성장에는 도움이 되지 않는다. 편의점으로 유통 구조가 고착화되고 가격 상한선이 존재하는 것이 소규모 양조장들의 성장과 발전을 저해하는 가장 큰 요인으로 작용해서다.

편의점 수제 맥주들의 대부분은 대규모 주류회사인 롯데칠성음료, 오비맥주 등의 대형 공장에서 생산돼 전국으로 유통된다. 편의점 맥주 유통은 수제 맥주 양조장이 컬래버레이션을 할 브랜드를 정하면, OEM(주문자위탁생산)으로 대형 공장에 맥주를 주문해 여기서 생산된 맥주를 사다가 편의점에 입점하는 방식으로 진행된다. 대량 생산이 가능해 가격 경쟁력을 갖춘 대형 주류회사들은 코로나19 기간 폭발적으로 성장한 홈술 시장에서 가장 중요한 유통 채널로 떠오른 편의점 시장에 진출한 것이 '신의 한 수'가 되었다.

불과 5~6년 전까지만 해도 장밋빛 전망이 가득했던 국내 수제 맥주 산업이 어쩌다 이 지경에 이르게 된 것일까? 근본적인 원인은 맥주 시장이 '네 캔에 만 원'이라는 가격에 종속된 현실에 있다. 맥주 종량세가 시행되기 전 해외에서 박리다매로 들여온 수입 맥주는 국내 편의점에서 '네 캔 만 원'에 팔렸고 이는 소비자들에게 열광적인 지지를 받았다. 이후 맥주에 부과하는 세금이 종가세에서 종량세로 전환되면서 세금 부담을 줄인 국내 중소규모 업체들 또한 수입 맥주와 대기업 맥주 중심의 시장이었던 편의점, 대형마트에 진출하게 된다.

문제는 '가격'이다. 소비자들은 이미 맥주를 네 캔에 만 원 가격으로 구매하는 것에 익숙해져 있다. 마진을 대폭 줄여 '수제 맥주 스타일'의 맥주도 만 원에 팔아야만 경쟁력을 가질 수 있는 상황이 된 것이다. 구스아일랜드, 핸드앤몰트 등 수제 맥주 라인업을 갖춘 오비맥주는 빠르게 대형 공장을 돌려 네 캔 만 원의 수제 맥주 스타일의 맥주를 편의점 매대에 올려놨다. 이어 스스로 수제 맥주 회사라는 정체성으로 사업 초기부터 브랜드를 홍보한 제주 맥주가 이 시장에 참전해 수제 맥주의 가격선을 무너뜨리자 다른 수제 맥주 업체들도 편의점에 진출하기 시작했다. 모두가 잃을 것밖에 없는 수제 맥주 치킨게임이 시작된 것이다.

이런 상황에서 코로나19가 터졌다. 인원, 영업시

간 제한에 못 이긴 음식점과 펍이 하나둘 쓰러졌다. 이들에게 생맥주 케그를 납품해 먹고 살았던 수제 맥주 공장들은 거래처를 잃어 생존 위기에 처했다. 남은 시장은 편의점 홈술 시장뿐이다. '네 캔 만 원' 경쟁을 그 누구도 강요하지 않았지만, 살아남기 위해선 게임에 참가할 수밖에 없게 되었다.

이들은 전국 편의점에 납품할 만큼 대규모 물량을 저가로 생산하려면 자사 양조장보다는 차라리 롯데에 OEM을 주는 것이 낫다는 현실을 깨닫게 된다. 한 마디로, 롯데 공장에 레시피를 제공하고 이들이 만든 맥주를 돈 주고 사서 편의점에 파는 것이다. 굳이 그렇게까지 해서 편의점에 진출해야만 했을까 묻는다면 누구도 대답할 수 없다. 다만 주력 시장인 오프라인 매장의 생맥주가 팔리지 않으니 일단 무엇이라도 해서 살아남아야 했을 만큼 절박했을 것이다.

최종 소비자가가 만 원 언저리라는 가격이 정해진 상황에서 원 주문자에게 일정 금액을 받고 맥주를 파는 롯데는 분명한 수익을 내지만, 원 주문자는 엄청난 양의 캔맥주를 팔아치우지 않는 이상 수익을 내기 힘들다. 원가 절감을 위해 양질의 원료보다는 인공 향을 첨가해 만드는 것은 당연한 수순이다. 편의점 수제 맥주가 맛없게 느껴졌다면, 이 같은 이유에서일 것이다. 그나마 위탁생산조차 할 여력이 있는 곳은 다행이다. 오로지 케그 판매로만 먹고사는 마이크로 양조장들은 생존의 기로에 섰다. 이들은 "우리(수제 맥주) 스스로 물량 공세가 가능한 대기업에 절대적으로 유리한 편의점 시장에 제 발로 들어간 것이 문제"라고 탄식하기도 한다.

맥주라는 술이 스타일과 품질을 따져 이에 맞는 가격을 주고 사 마시는 술이 아니라 이미 가격 선이 정해진 술이 되어버렸다는 점이 안타깝다. 그래서인지 요즘 맥주의 이미지는 '맛'보다 설정용 술로 전락해버린 것 같기도 하다. 최근 SNS상에서 엄청난 인기를 끌어 품귀 현상이 벌어졌던 '버터맥주'가 대표적이다. 버터 가향을 넣은 이 맥주를 호기심 차원에서가 아닌, 진정 맥주가 맛있어서, 또 마시고 싶어서 재차 구매하는 이들이 얼마나 될까. 물론 자본주의 사회에서 돈이 되는 건 이유가 있다. 수제 맥주가 다양한 콘셉트로 변주돼 저변이 확대되는 것도 좋은 일이다. 그러나 '맥주 그 자체'를 즐길 수 있는, 맥주의 스타일이나 품질에만 집중할 수 있는 제품이 각광받지는 못하는 분위기인 것은 확실하다. 내용이 있어야 형식이 빛나는 법인데, 형식만 앞선다. 크래프트 정신을 사랑하는 수제 맥주 팬들에게는 슬픈 일이다.

애착 인형, 맥주

"저는 이제 와인이 더 좋아요."

정말 나는 맥주와 헤어진 걸까. 위와 같이 말할 때마다 환승 이별을 한 기분이 들었다. 전 애인(맥주)이 나를 떠나 잘살고 있다면 죄책감이 조금은 덜할 텐데, 요즘에는 여러 대외적인 환경 탓에 수제 맥주가 시장에서 고유의 매력이나 가치를 충분히 인정받지 못하는 것 같아 미안한 마음이 든다. 질척이는 것은 정말이지 내 스타일이 아니지만, 맥주는 나의 20대 그 자체고, 나를 '주류전문 기자'로 만들어 준 술이며 절박한 상황에 함께 있어 준 '생명수'니까. 자꾸 신경이 쓰인다.

"맥주란 무엇인가. 나는 왜 맥주를 사랑했을까."

대학교 3학년 때 한여름 평균 기온이 40도를 훌쩍 넘는 이집트로 배낭여행을 떠났다. 사막 투어를 마치고 카이로로 돌아와야 했던 어느 날, 하필 에어컨이 고장 난 버스를 탔다. 터미널 근처에서 산 얼음물이 10분도 안 돼 녹아버릴 정도로 숨 막히는 열기 속에서 장장 7시간을 버텨야 했다. 점점 시야가 흐려지고, 옆 사람의 말도 들리지 않았다. '이러다 죽는구나' 싶을 때쯤 버스는 목적지에 도착했다. 내리자마자 캔맥주를 벌컥벌컥 들이켰다. '스텔라'라는 이집트 국민 맥주였다. 유럽의 스텔라 맥주와는 다른 브랜드다. 분명 다 죽어가는 상태였는데 신기하게도 맥주를 마시고 나니 눈이 번쩍 뜨이면서 엄청난 에너지가 샘솟았다.

2018년 오키나와에서 스쿠버 다이빙을 할 때는 마지막 다이빙을 마치고 보트에서 컵라면과 함께 한입에 털어 넣은 오리온 맥주가 생명수 역할을 했다. 칵테일의 도시 미국 루이지애나 뉴올리언스를 여행했을 때도 실은 지역의 시그니처 칵테일 '허리케인'보다 버드라이트 맥주를 훨씬 더 많이 마셨다. 취업 준비생 시절 망막이 찢어지는 망막 박리라는 병에 걸려 망막을 붙이는 대수술을 하고 앞이 보이지 않아 깊은 절망에 빠졌을 때도, 붕대를 풀고 가장 먼저 한 일은 동네 슈퍼에 달려가 맥주를 사오는 일이었다. 아직도 기억이 난다. 추운 겨울이었고, 눈이 쌓여 있었다. 지금은 단종된 차가운 맥스 캔맥주가 그렇게 맛있을 수가 없었다.

일본 오키나와섬에서
다이빙을 마치고 보트
위에서 마시는 맥주는 정말
특별하다. 오키나와의 명물
오리온 맥주.

어느 순간부터 내가 맥주를 등한시하게 된 것은
아이러니하게도 공기처럼 곁에 늘 맥주가 있었기 때
문이었다. 없으면 안되는데, 있으면 귀한 줄 몰랐다.
존재 자체의 소중함을 몰랐다. 얼마 전 경기 양평군
에서 C막걸리를 만드는 최영은 대표, 술 전문 팟캐스
트 '말술남녀'의 고정 패널인 박정미 사케 소믈리에
와 송년회를 하면서 맥주 이야기를 나눴다. 셋 다 20
대 때는 맥주를 사랑했지만, 맥주를 계기로 다양한
술을 탐험하게 되면서 맥주와 멀어졌다는 공통점이
있었다. '맥주'라는 첫사랑을 그리워하며 크래프트

맥주를 파는 펍에서 모임을 가진 우리는 다음과 같은 결론에 서로 고개를 끄덕였다.

"맥주는 내가 처음 접한 술이야. 언제든 돌아갈 수 있지만 굳이 찾아가진 않았던 것 같아. 다른 술을 마시느라 바빴거든." (나)

"그래도 언제든 날 반겨줄 거라고 믿고 있어. 가장 든든한 술이랄까?" (박정미 소믈리에)

"맥주는 애착 인형 같아. 문득 맥주가 떠올라서 오랜만에 만남을 청하면 가끔은 예상치 못한 놀라운 맛으로 나를 만족시켜 줘. 여전히 설레고 미련이 남아. 언제나 그 자리에 있을 것 같은 술이야." (최영은 대표)

나처럼 맥주로 술에 입문하고, 맥주에서 다양한

맛을 경험하고, 맥주를 통해 양조장의 철학을 이해했던 술꾼들이 여전히 많다. 또 한국에는 편의점 '네 캔에 만 원' 하는 맥주만 있는 것이 아니라, 장인 정신으로 정성껏 맛있는 맥주를 빚는 100개 이상의 수제 맥주 양조장이 있다. 힘든 시기지만 맥주를 사랑하는 마음으로 수준급의 맥주를 꿋꿋하게 만들어내고 있다. 다들 예전처럼 많은 양의 맥주를 마시지 못하는 나이가 됐으나 한국의 수제 맥주가 다시 한번 날아오르기를, 반등해 눈부신 성장을 이루는 날이 오기를, 우리는 간절히 기다리고 있다.

남산 프리미엄 시트라 에일
Namsan Premium Citra Ale

지난 몇 년간 크래프트 맥주를 만드는 양조장들 사이에서 지상 과제로 떠오른 일은 '홉'을 최대한 확보하는 것이었다. 다년생 덩굴 식물의 꽃인 홉은 다채로운 향과 쌉싸름한 맛을 내는 맥주의 핵심 원료다. 커피 원두처럼 산지마다 홉이 가진 향미의 특성이 달라 홉의 품종이 맥주 스타일을 좌우할 정도로 중요하다. 전 세계에서 가장 비싼 식물로 불릴 만큼 가격도 맥주 원료 가운데 가장 비싸다. 특히 품귀 현상을 빚는 홉은 미국에서 주로 나는 '시트라 홉'이다. 시트라 홉은 달콤한 열대과일향과 오렌지, 귤 등 시트러스 계열 과일향이 풍부해 수제 맥주의 레시피를 짜는 양조사들 사이에서 '치트키'로 통할 정도로 대중적인 인기를 누리고 있다. 블라인드 테

맥주 맛의 치트키, 시트라 홉을 팍팍 넣은 맥주. 온갖 컬래버레이션이 난무하는 편의점 맥주 속에서 보석 같은 맥주들이 몇 개 있다. 편의점 맥주 가운데 강추하는 맥주다.

이스팅을 해보면 시트라 홉이 들어간 맥주가 무조건 맛있다는 반응이 나온다. 주로 홉의 개성이 드러나는 미국식 페일 에일, IPA 맥주 스타일에 사용되고, 미국 워싱턴주 야키마 밸리, 미시간 지역과 같은 유명 홉 산지에서 대규모로 경작된다.

시트라 홉이 유독 부족해진 건 '헤이지 IPA' 혹은 '뉴잉글랜드 IPA'로 불리는 맥주 스타일이 세계적으로 유행한 탓이다. 헤이지 IPA를 만들 때 일반 IPA를 만들 때보다 1.5~2배 많은 양의 홉이 필요해 홉 수요량이 대폭 증가했고 그 결과 시트라 홉 부족 현상까지 벌어지게 된 것이다. 가평의 카브루 양조장이 만드는 남산 맥주는 '골든 에일' 스타일이지만, 시트라 홉이 편의점 맥주 가운데 가장 많이 들어갔다. 음식을 먹어도 식재료가 귀한 것이라든가 양이 적다면 감질나 더 맛있게 느껴지는 것이 인지상정. 편의점에서 맥주를 골라야 한다면 귀한 시트라 홉이 듬뿍 들어간 남산 맥주를 저렴한 가격에 즐겨보자.

맥주를 더 맛있게, 모닝 '커피 스타우트'

부모님으로부터 독립을 하면서 집을 샀다. 호기
롭게 매매를 하긴 했지만, 지금 원고를 쓰고 있는 이
집에서 순수한 나의 지분이라고는 화장실 문고리 정
도일 것이다. 나머지는 은행 소유라고 봐도 무방하
다. '소유자 심현희, 채무자 심현희'가 찍혀 있는 등
기 서류를 받아 들고는 무거운 책임감이 들었다. 한
동안 술자리에서 "인생은 등기를 치기 전과 후"로 나
뉜다고 떠들곤 했다.

혼자 살면 꼭 해보고 싶었던 것 가운데 하나는 아침에 일어나면 음악을 틀어놓고 거실에서 여유롭게 커피가 아닌 '스타우트 맥주'를 마시는 것이었다. 아일랜드에서는 이른 오전부터 펍에서 술을 판다. 여행 차 일주일간 머물렀던 '딩글'이라는 마을에서는 아침에 일어나 동네를 산책하다 보면 카페나 펍에서 신문을 읽으며 기네스 맥주를 마시는 아저씨들을 심심치 않게 만날 수 있었다. 실제로 까맣게 볶은 맥아를 에일 방식으로 발효한 스타우트에서는 커피향이 난다. 그런 이유로 크래프트 맥주 중에는 '브렉퍼스트 스타우트'라는 맥주도 있다. 서양에서 아침 식사로 많이 먹는 오트밀(귀리), 커피, 초콜릿을 가득 넣은 맥주다. 여러모로 아침에 술을 마신다면 스타우트를 마시는 것이 이치에 맞는 일이기도 한 것이다.

독립하지 않고서도 딩글의 아저씨들처럼, 모닝 맥주로 하루를 시작하는 것이 실행 불가능한 일은 아니었다. 그냥 아침에 일어나 맥주를 따라서 마셔버리면 됐다. 하지만 대학생 때나 취업준비생 시절에는 최소한의 양심을 지키고자 했다. 아침부터 술을 마시면, 비록 타당한 맥락이 있는 '스타우트 맥주'라고 하더라도 죄를 짓는 것 같아 마시지 않았다. 아무리 술에 미쳤다지만 적어도 술 때문에 인생을 포기하고 싶지는 않은 일종의 '마지노선' 같은 것이었다.

사회생활 초년병 시절에는 모닝 맥주를 즐길 틈이 도무지 없었다. 조간신문 기자 일은 오전이 가장 바쁘다. 그날 무슨 기사를 쓸지에 대한 계획을 오전 9시 30분까지 보고해야 한다. 밤새 새로운 사건이 터지면 보고하기 전 사실 여부를 확인하고, 발제문에 추가해야 하므로 모닝 맥주는커녕 커피를 들이부어 뇌부터 활성화하지 않으면 안 됐다. 저녁에는 취재원과의 술자리가 늘상 이어졌기 때문에 다음날 아침에 또 알코올이 들어간 액체를 마신다는 건 나를 파괴하는 행위나 다름이 없었다.

일이 익숙해질 만큼 '내력'이 생기고, 나만의 공간도 생기자 생활의 균형이 잡히기 시작했다. 집 안에 있는 모든 사물이 나를 위해, 내가 원하는 위치에 놓였다고 생각하니 부모님과 살 때와는 차원이 다른 안정감이 들었다. 모든 가구가 들어오고 새집에서 첫날 밤을 보낸 다음날 아침, 창문을 활짝 열었다. 내가 사는 집은 동향이어서 하루 동안 들어올 햇빛이 아침에 몰려서 쏟아진다. 피아니스트 글렌 굴드가 연주하는 바흐의 골드베르크 변주곡을 틀었다. 아침에 커피를 마시는 대신 스타우트 맥주를 마시는 것은 주제를 비튼 '변주곡' 같은 행위로 느껴졌기 때문이다. 와인 잔에 스타우트 맥주를 가득 따랐더니 커피향이 코를 찔렀다. 인생이 온전히 내 것이라는 충만함을 느끼며 마지막 남은 거품을 핥았다.

에잇피플브루어리 콜드브루 스타우트
Eight People Brewery Cold Brew Stout

실제 원두를 콜드브루 방식으로 추출해 맥주에 넣은 신개념 커피 맥주. 스타우트 맥주와 완벽히 조화된 커피향이 풍부하며 뒷맛이 달지 않아 음용성이 좋다. 초코케이크, 쿠키 등 디저트에도 잘 어울린다.

커피와 맥주

커피와 맥주는 전 세계 사람들이 가장 자주, 가장 많이 마시는 음료다. 이른 아침 하루를 시작하면서는 커피를 손에 들고, 고된 일과를 끝낸 저녁이 되면 맥주로 목을 적신다. 커피는 커피 원두를 볶고 가공하는 로스터리에서, 맥주는 양조장에서 완성된다. 원두나 홉의 생산지에 따라 다채로운 맛의 스펙트럼을 자랑하는 커피와 맥주 마니아라면 취향에 맞는 단골 로스터리나 양조장이 하나쯤은 있을 것이다.

각각의 다른 TPO(시간, 장소, 상황)만큼 따로 존재했던 양조장과 로스터리가 최근 미국에서 결합하고 있다. 특히 맥주 양조사가 전문 커피 로스터리로 활약하는 경우가 많다. 일부 크래프트 양조장에서 시작된 이 트렌드는 이제 미국 전역에 퍼져 '맥주 맛집이 곧 커피 맛집'이라는 새로운 흐름을 만들어내고 있다. 뉴욕의 허드슨 밸리나 보스턴의 트리하우스, 콜로라도의 오스카 블루스, 캘리포니아 샌디에이고 지역의 모던타임스 등 각 지역을 대표하는 크래프트 양조장 굴뚝에선 요즘 맥주 효모 냄새에 진한 커피향이 섞인 연기가 뿜어져 나온다.

양조사들은 왜 커피 로스팅을 시작한 걸까? 양조사들은 "커피와 맥주는 필연적인 운명 공동체"라고 말한다. 우선 '커피를 내리다'와 '맥주를 양조하다'는 뜻을 가진 어휘가 'brew'로 같다. brew의 어원은 '끓이다'(boil)는 뜻의 인도유로피언어 'bhreu-'이다. 맥주와 커피 모두 맥아와 원두, 핵심 재료를 분쇄해 물에 끓이거나 추출하는 과정을 거친다.

실제로 수제 맥주와 소규모로 직접 원두를 볶아 판매하는 수제 커피는 '크래프트'라는 철학을 공유하는 것에서부터 초콜릿향, 과일향을 포함해 '다양한 맛'을 내는 것까지 물성 자체가 매우 닮았다. 테이스팅 스펙트럼도 비슷하다. 완성된 맥주를 시음하기 위해 미각과 후각을 집중해서 쓰는 양조사들은 로스팅 기술에 따라 변하는 커피 테이스팅 능력도 뛰어날 수밖에 없다. 소비 시장도 마찬가지다. 맥주나 커피 한 잔이 주는 맛의 다양성에 열광하는 마니아층은 하나의 시장을 형성한다. 미국에서 크래프트 양조장이 가장 밀집해 있는 오리건주 포틀랜드에 로스터리 카페 역시 가장 많이 분포한다는 사실만 봐도 알 수 있다.

맥주와 커피가 양조장에서 만나면 영감을 주고

받기도 한다. 커피는 '커피 스타우트'라는 에일 스타일의 흑맥주를 만드는 데 없어서는 안 되는 부재료다. 이 맥주에서는 커피와 초콜릿 맛이 나는 것이 특징인데, 커피 캐릭터를 더욱 부각하기 위해 발효 과정에서 원두를 추가해 숙성시키면 커피 스타우트가 완성된다. 양조장에서 만드는 커피는 때때로 기존의 틀을 깨는 창의성을 드러내기도 한다. 새로운 실험과 도전이 크래프트 맥주 양조의 핵심 가치이기 때문이다. 모던타임스는 양조장 오픈 초창기부터 커피를

미국 크래프트맥주 업체
모던타임스가 로스팅한 커피.

로스팅한 '커피+맥주' 양조장의 시초인데 스타우트 맥주를 숙성하는 용도로 쓰는 버번 오크통에 커피를 숙성해 캔에 담은 기발한 제품을 판매한다. 양조사 만이 만들 수 있는 독특한 커피다.

위스키와 체이서

"술을 잘 마신다는 건 말이야. 곧 속도야."

'술꾼' 상사를 만나 1년간 함께 일한 적이 있다. 술 마신 양으로 치면 그때가 내 회사 생활의 전성기였던 것 같다. 그는 1960년대에 태어난 옛날 사람치고 기골이 장대하고 성격이나 행동이 시원시원한 스타일이었는데, 전날 밤 술을 꽤 많이 마시고도 다음 날 용산 집에서 광화문 회사까지 도보로 출근할 정도로 숙취가 없는 타입이었다. 술꾼들이 가장 부러워하는 축복받은 '간'의 소유자였다. 과음한 다음 날엔 어김없이 숙취에 시달리는 나로서는 아무렇지 않게 회사에 나와 컵라면 하나 먹고 업무를 보는 부장에 대한 존경심(?)이 생길 수밖에 없었다.

그는 술꾼인 나와 술을 마시는 것을 좋아했다. 그때마다 "술은 속도"라는 말을 여러 번 강조했다. 빠른 속도로 많이 마셔도 취하지 않는 자가 진정 술이 센 놈이라는 것이다. 또 술이란 자고로 그렇게 빨리 때려 마시고 집에 가야 다음날 뒤끝이 없는 것이라 했다. 따지고 보면 틀린 말이 아니다. 술을 아침부터 저녁까지 천천히 마시면, 와인을 네 병도 마실 수도 있다. 하지만 두 시간 만에 네 병을 마신다면 바로 병원에 실려갈 일이다. 나의 문제는, 마치 누가 쫓아와서 곧 술잔을 뺏길 것 같은 사람처럼 빠른 속도로 n차까지 길게 마시는 것이었지만 말이다.

부서원들을 인사 평가하는 상사와 '술친구'라는 관계를 맺을 수는 없는 노릇이다. 하지만 그와 술을 마시는 건 나름 즐거웠다. 그와의 술자리는 속도전이었다. 세 시간 안에 만취해서 끝이 났기 때문에 밤 늦게까지 붙잡혀 있을 일이 없었다. 사회생활을 하려면 무조건 골프는 쳐야 한다고 하는데 종일 시간을 잡아먹는 골프보다는 술자리가 훨씬 더 효율적이라고 생각한다. 주말에 직장 상사와 함께 온종일 골프장에 가 있느니 차라리 아오지 탄광에 가겠다.

그는 "아… 옛날이여"라는 말을 입에 달고 사는 보통의 언론사 아재들과는 달랐다. 옛날이야기를 많이 하긴 했는데 당시 한창 활동하던 기자들이 얼마나 무식하게 술을 마셨나에 대한 이야기가 주였다. 가만히 듣고 있으면 위안이 되기도 했다. 세상이 빠르게 바뀐 것은 맞지만 그 순간만큼은 "지금 내가 술 마시는 건 아무것도 아니구나, 나는 꽤 열심히 살아가

고 있구나" 하는 절대적 우월감에 젖어 마음 편히 술
을 마실 수 있었기 때문이다.

"옛날에는 텐텐(10-10)으로 마셨어. 그것도 '양
폭'으로."

시작은 소맥이었다. 열심히 소맥을 말다가 취기
가 오르면, 어김없이 옛날 사람들의 기이한 술자리
무용담을 꺼내기 시작했다. 초고속 경제 성장의 달
콤한 과실을 누렸던 1990년대, 룸살롱에서는 임페
리얼, 윈저 등의 국산 위스키가 불티나게 팔리고, 고
깃집에서는 스카치 위스키를 가져와 맥주에 섞은 양
폭을 원샷하던 시절의 이야기였다. 그에 따르면 지
금은 소맥을 한입에 털어 넣을 양으로 만드는 것이
대세이지만, 과거만 해도 맥주에 위스키를 섞어 잔
에 가득 따라 마셨으며 그것을 '텐텐'이라고 불렀단
다. 또 그때는 기자들이 취재원과 술 대결로 기 싸움

을 벌이곤 했는데, 한 선배가 기 싸움에서 이기기 위해 갑자기 구두를 벗더니 그 구두에 양폭을 쏟아붓고 원샷을 때려 모두가 놀란 적도 있었다고 한다. 그리하여 단독 기사를 하나 건졌다는 전설적인 취재 비화까지. 마냥 듣다 보면 술을 먹다가 숙연해졌다. 진짜 왜 그렇게까지 술을 마셔야 했던 걸까?

집단이 모여 무조건 술을 섞고, 말고, 속도전으로 끝냈던 예전과 달리 혼술과 홈술이 일상이 된 요즘은 알잔(독주)과 맥주를 '따로국밥'처럼 천천히 마시는 것이 트렌드다. 그때는 물처럼 가벼운 대기업 라거 맥주와 블렌디드 위스키가 전부였지만 지금은 지역과 양조장(증류소)마다 개성 강한 다채로운 술이 많아졌고, 술을 마시는 행위의 1차 목적이 음미하는 것이기 때문이다. 술의 맛을 음미하다가 취하는 것이야 어쩔 수 없지만.

디아지오코리아의 블렌딩 위스키 코퍼독과 맥주 홉하우스13. 달콤한 토피향과 베리, 시트러스, 사과, 배, 스파이시한 풍미가 조화를 이루는 코퍼독은 호주의 갤럭시, 토파즈, 미국의 모자이크 홉 등이 들어가 상큼하고 달콤한 과일향을 뿜어내는 홉하우스13 맥주를 체이서로 마셨을 때 잘 어울린다.

위스키를 마실 때, 맥주를 '체이서'(chaser)로 이용해보자. 체이서란 '독한 술 뒤에 마시는 음료'를 뜻한다. 술을 마시고 안주 대신 또 술을 마시는 것이 아니라 국(맥주)에 밥(위스키)을 말아 먹느냐, 따로 먹느냐의 문제라고 생각하면 받아들이기가 쉽다.

체이서 음용법은 간단하다. 바에서 위스키 샷과 맥주 한 잔을 함께 주문해 위스키를 마시기 전이나 후에 맥주를 마시면 된다. 이를 미국에선 '어 샷 앤드 어 비어'(a shot and a beer)라고 하고, 스코틀랜드에선 '어 호프 앤드 어 호프'(a hauf and a hauf)라고 한다. 에든버러에는 이 이름으로 위스키 증류소와 크래프트 맥주 양조장을 같은 날 연이어 투어하는 여행 프로그램도 있을 정도다. 위스키의 풍미가 맥주보다 진하기 때문에 맥주를 먼저 한 모금 마시고 위스키를 마시기를 권한다.

위스키에 체이서로 맥주를 즐기기 위해선 매칭하는 법도 중요하다. 서로의 풍미를 극대화하려면 비슷한 풍미를 가진 술끼리 만나야 한다. 예를 들어 셰리 오크에서 숙성해 강한 과일향을 뿜어내는 위스키는 새콤한 사우어 맥주와 잘 어울린다. 바닐라향이 특징인 미국의 버번 위스키에는 유당이 들어간 흑맥주(밀크 스타우트)가 찰떡이다. 입안에서 폭발적인 바닐라의 달콤한 향을 느낄 수 있다. 홉이 많이 들어가 쌉쌀한 맛을 내는 IPA 맥주에는 호밀이 들어가, 알싸하고 스파이시한 맛이 매력적인 라이 위스키를 곁들여도 괜찮다.

위스키를 보면 과거 '양폭'이 생각나 손사래를 쳤다면, 혹은 '소맥'에만 익숙해 술이 가진 섬세한 맛이 궁금한 사람이라면 '위스키 체이서'로 맥주를 마셔보는 건 어떨까. 먼 훗날, 누군가에게 과거를 회상하며 "전에 나는 위스키에 맥주를 체이서로 즐겼지…"라고 말하게 될지도 모른다.

Part 9

나에겐 가깝고도
먼 술들

저탄고지와 하드셀처

이 세상 맛있는 것에는 무조건, 왜, 탄수화물이 들어갈까. 이세이 미야케 선생님 옷으로 알코올성 비만을 최대한 가리려고 노력하지만, 애초에 살을 옷으로 감출 수 있다면 살찐 것이라 할 수 없을 것이다. 성격은 얼굴에 드러나고, 습관은 몸에 나타난다는데, 한없이 불어나 그 어떤 옷으로도 비만을 감출 수 없는 나의 몸은 외출할 때마다 마치 불특정 다수를 상대로 기자회견을 하는 것 같다.

"여러분, 저는 허구한 날 술과 음식을 많이 먹고 운동 따위는 하지 않는 사람입니다!"

밝히기 창피하지만 실은 365일 다이어트 중이다. 늘 어떤 다이어트든 하고 있다. 마의 구간 작심삼일을 넘기지 못해 모든 다이어트가 실패로 끝났다는 사실은 유감이나, 30대를 넘기고 나서부터는 유행하는 다이어트란 다이어트는 전부 시도해본 것 같다. 헬스장에서 PT 수업도 받아보고, 한약도 먹어보고, 비싸다는 다이어트 주사도 맞아봤지만 일시적이었다. 결국 술과 고기를 빠른 속도로 허겁지겁 먹고, 많은 양의 음식을 해치우는 식습관을 고치지 않으면 소용없는 일이다. 그나마 이렇게 시도라도 하지 않았다면 진작에 100kg이 넘었을 것이다.

2020년 초여름, 다이어트 트렌드 세터인 나는 대세에 따라 저탄고지 다이어트를 하고 있었다. 탄수화물은 오로지 채소 속의 섬유질로만 섭취하고 나머지 식사는 적당한 양의 단백질과 고지방만 허용하는 식단이었다. 체내 탄수화물을 고갈시켜 에너지를 지방으로부터 끌어쓰면 체지방이 자연스럽게 줄어든다는 원리다. 이 같은 방법을 통해 엄청난 효과를 봤다는 유튜브 영상을 보고 나자 또 귀가 얇아졌다.

밥, 빵, 떡, 면 등을 먹지 않는 것에는 자신이 있었다. 술을 끊으라는 것도 아닌데 그쯤이야 감수할 수 있었다. 술은 탄수화물이 없는 위스키나 코냑, 증류식 소주, 바이주를 마실 수는 있으니 최악은 아니었다. 다만 탄수화물 폭탄인 맥주, 와인, 막걸리와는 잠시만 안녕이었다. 맥주와 막걸리는 곡물로 만든 술이고, 와인 한 병에는 포도 1.25kg이 들어간다. 맥아와 포도에서 나오는 당이 효모를 먹고 알코올로 변한다 해도 잔당이 많다. 발효주는 다이어트의 적이며 인류의 적이다. 다 먹어서 없애버려야 마땅하다.

마음의 준비는 끝냈다. 운동은 하기 싫으니 대신 춤을 추기로 했다. 마침 바 개업을 준비 중이던 지인이 주류 리스트를 짜는 것을 도와달라고 했다. 퇴근한 뒤 마포구 상수동에 있는 바 공사장에 달려가 컨설팅을 해주고 인건비로 위스키를 마셨다. 취해서 오르는 흥은 춤으로 달랬다. 탄수화물 없이 취하고 춤추는 라이프스타일을 나흘간 지속하자 서서히 부기가 빠지기 시작했다. 나는 감격했다. "드디어 이번 다이어트는 성공하겠구나, 드디어 나한테 딱 맞는 다이어트 방법을 찾았어." 올가을에는 허리끈을 졸라매는 트렌치 코트를 입고 다니겠다며 방방 뛰었다.

그때였다. 한국에 '하드셀처'라는 술이 처음 들어왔으니 한번 마셔보고, 취재해보는 것이 어떻겠냐는 수입사의 연락을 받았다. 하드셀처란 사탕수수 등에서 얻은 순수 알코올(주정)을 탄산수에 섞고 각종 과일 향미를 첨가한 술로 미국의 MZ세대가 맥주나 와인 대신 마시는 술이다. 앞서 언급했듯, 하드셀처는 하이볼과 유사한, 구매 후 바로 마시는 'RTD'(Ready To Drink) 주류의 일종이다. 하드셀처는 특히 탄수화물 함량이 적어 살이 덜 찐다는 인식 덕분에 미국 주류시장에서 최근 5년간 시장 점유율이 다섯 배나 성장했다. 실제로 하드셀처의 알코올 도수는 약 5도로 맥주와 비슷한데 탄수화물 함유량이 355ml 1캔 기준으로 1~2g에 불과하다. 같은 양 기준으로 일반 라거 맥주에는 12.75g의 탄수화물이 들었다. 딱 나처럼 저탄고지로 다이어트를 해보려는 사람을 위한 술이 아닌가. 우주가 나를 중심으로 돌아가고 있음이 분명했다.

셀처를 상수동 바 공사장 냉장고에 채워넣었다. 저탄고지 식단을 하느라 멀리했던 차가운 맥주를 벌컥벌컥 들이켜고 싶은 욕구를 셀처가 채워줄 것이다. 설레는 마음으로 차가워진 셀처 캔을 따서 마셨는데 솔직히 '맛' 자체는 없었다. 인공 향미가 꼭 나쁜 것은 아니지만, 굳이 묘사하면 '텅 빈 맛'이랄까.

하지만 다이어트 중에는 평소 입에 대지도 않는 두부조차 맛있게 느껴지는 법이다. 알코올 도수가 맥주 수준이고, 탄수화물이 제로라는 생각에 그만 고삐가 풀려버렸다. 한 상자에 여덟 캔 든 셀처 세 박스를 혼자 다 마셔버리고 만취했다. 심한 허기가 밀려왔고 테이블 위에 놓인, 다 식은 떡볶이를 진공청소기처럼 빨아들였다. 이성을 잃은 나는 더 이상 마실 셀처가 눈에 보이지 않자 업장 냉장고를 뒤져 발견한 와인을 따버리고 말았다. 한 모금 마시는데 눈물이 날 것 같았다. 너무 맛있어서. 평범한 뉴질랜드 소비뇽 블랑이었지만 무려 닷새 만에 탄수화물이 들어간 액체를 마신 것이다.

하드셀처를 폭음하기 직전 점심에 나는 "탄수화

물 안 먹으니까 삼겹살 마음껏 먹어도 돼"라면서 삼
겹살을 3인분이나 먹었다. 이 상태에서 와인과 떡볶
이를 먹고 나니 고탄고지가 되어버렸고, 다음날 얼
굴은 다시 빵떡이 되었다. 좌절한 나는 재빠르게 원
래 식습관으로 되돌아갔다. 저탄고지 다이어트도 실
패다. 경험상 하드셀처는 고도수보다는 저도수를 선
호하고, 저도수 술마저 딱 한두 잔만 절제해서 마실
수 있는 자에게 도움이 되는 술이라고 생각한다. 또
인공 향미는 달콤하지만 맛에는 단맛이 없어 '달콤한
술=맛있는 술'이라는 인식을 가진 자라면 좋아하지
않을 수 있다. 셀처는 미국에서도 여전히 폭발적인
성장세이고, 최근 2년간 국내 주류시장에도 다양한
수입, 국산 브랜드가 들어와 하나의 장르로 자리를
잡았다. 하지만 다이어트에 관심이 많은 술꾼이라면
셀처 앞에서 경각심을 가져야 한다. 절제 없는 셀처
는 당신의 체중을 책임져 주지 않는다. 코끼리도 채
식 동물이다.

막걸리 from Paris

　지난해 가을 코로나19 엔데믹(감염병의 풍토병화)을 맞아 3년 만에 찾은 프랑스 파리에서 매일 저녁 놀라운 광경을 목격했다. 분식, 밥집, 고급 레스토랑 등 장르를 불문한 모든 한식당이 만석이었던 것이다. 하루 3만 보는 거뜬히 걷는 유럽 여행 중 '엄마밥'이 그리워 불쑥 한식당을 찾아 김치찌개 한 그릇 먹고 나오는 일도 이제는 불가능해졌다. 예약 없이 한식당을 찾았다가 자리가 없어 인근의 한가한 프렌

치 식당이나 이탈리안 식당에서 끼니를 해결하기도
했다.

솔직히 난 애국심이 별로 없는 편이다. 김연아 선
수의 피겨스케이팅 금메달이나 대한민국 월드컵 4강
신화 정도는 되어야 국제 대회에서 한국이 선전했다
는 뉴스에 그나마 관심이 가는 정도다. 물론 K-콘텐
츠가 전 세계적으로 인기라는 건 자랑스럽지만 아무

리 'KOREA'가 대세라 해도 딱 그 정도다.

다시 태어난다면, 미국 드라마 '길모어 걸스'의 로리 엄마처럼 원래 동부 명문가의 자식인데 가출해서 자유로운 영혼으로 살다가 돈이 떨어지면 못 이기는 척 본가에 들어가 가업을 물려받을 '예정'인 나의 다음 인생 계획은 바꿀 수 없다. 이는 서구 스타일의 음식과 술을 훨씬 더 좋아하기 때문이기도 한데, 곧 포기할 예정인 이번 생에선 마지막 식사로 잘 숙성된 등심 부위를 미디엄 레어로 굽고, 바디감이 완벽한

파리 샹젤리제 거리 인근에 있는 한식 파인다이닝 '순그릴'의 점심시간. 파리지앵들로 가득 찬 테이블.

레드 와인을 먹다가 다음 생으로 넘어갈 계획이다.

그런 내가 파리에서 가슴이 두근두근하는 경험을 했다. 미슐랭 가이드가 처음 생겨난 전 세계 최고의 '미식 도시'에 K-푸드 레스토랑이 최근 수년 새 미친 듯이 생겨나고, 한식당을 찾는 이들의 95%가 한국에서 온 여행객이나 교포가 아닌, 프랑스어를 구사하는 현지인이라는 점을 두 눈으로 확인하니 심장이 뜨거워질 수밖에 없었다. 뵈프 부르기뇽은 뒷전이고 파리의 한식당이 궁금해서 참을 수가 없었다. 파리 일정의 식사 대부분을 K-푸드 레스토랑에서 해결한 이유다.

파리에서 괜찮아 보이는 한식당을 매일 밤 섭렵하며 불고기덮밥, 순두부찌개, 이베리코 목살구이 등으로 배를 채우던 어느 날, 마레 지구에 있는 K-푸드 레스토랑 '순그릴'(Soon Grill)에서 특별한 경험을 했다. 남부 론 지역의 샤또네프 뒤 빠쁘 와인을 주문해 삼겹살 쌈을 우걱우걱 먹고 있는 나를 프랑스인 서빙 담당 직원이 빤히 바라보며 우유처럼 하얀 액체가 담긴 투병 와인 병을 들고 온 것이다. 그는 "신상 술인데 공짜니까 마음껏 시음하라"고 술병을 건넸는데, 딱 보니까 막걸리였다.

　한국에서 온 내게 막걸리는 새로운 술이 아니다.

하지만 이 술을 건네는 직원의 눈이 반짝반짝 빛나는 걸로 봐서 아직 파리지앵에게는 한국의 술이 K-푸드만큼 알려지지 않은 듯했다. 일단 술병을 전해 받아, 프랑스어라고는 와인 라벨밖에 읽을 줄 모르는 실력으로 자신 있게 라벨을 읽어나갔다. '메종 드 막걸리'. 내 완벽한 발음에 직원은 고개를 끄덕이며 이 술을 "파리의 로컬 막걸리"라고 설명했다. 잠깐. "파리의 로컬 막걸리라고? 한국에서 수입된 막걸리가 아니라, 메이드인 파리라고?"

시음을 하기도 전에 눈이 번쩍 뜨였다. 곧장 직원에게 "이 막걸리를 만드는 양조장이 파리에 있다고? 유럽에서 막걸리를 만드는 한국 사람이 있다고? 그럼 파리는 현재 유럽에서 상업적으로 막걸리를 만드는 양조장이 있는 유일한 도시라고?"라며 질문을 연쇄적으로 퍼붓고 싶었지만, 급한 대로 더듬더듬 영어로 궁금증을 해결했다. 그래도 호기심이 풀리지 않은 나는 파리 한인 사회를 수소문해 이틀 뒤 이 막걸리 생산자를 만나기로 했다.

결론부터 이야기하면, 유럽에서 유일하게 상업적으로 막걸리를 만들어 파는 양조장이 현재 파리 교외 지역인 구베른느망에 있다. 파리가 서울이라고 치면 일산, 분당처럼 수도권에 붙어 있는 조용한 시골마을이다. 이 '메종'(집)에서 막걸리와 약주를 만드는 사람은 윤여진 대표다. 그는 연극배우인 프랑스 출신 아버지와 재혼한 한국인 어머니를 따라 16살에 프랑스로 건너가 대학에서 무대디자인을 전공하고, 한국 기업들의 제의를 받아 서울로 돌아와 직장생활을 10년간 한 뒤 다시 프랑스에 정착했다. 유년시절과 사회생활의 대부분을 한국에서 보냈으니 그냥 한국인이다. 윤 대표는 현재 나무로 지은 메종에서 막걸리를 빚으며 한국인 부모보다 훨씬 프랑스어를 잘하는 6살 딸과 함께 제2의 인생을 살고 있다.

그가 어쩌다 술을 만드는 사람이 되었을까는 솔직히 궁금하지 않았다. 예의상 물었을 뿐이다. 술 기자로 살면서 지금까지 수많은 양조사를 만나본 결과 '술꾼이 결국 술을 만든다'는 진리를 알고 있었다. 역시나 사람은 다 거기서 거기고 파리에서 막걸리 만드는 프랑스 시민권자라고 해서 특별할 것도 없었다. 우리는 샹젤리제 거리 인근 한 아파트의 테라스에서 열린 바비큐 파티에서 만났는데 술과 음식 이야기를 하다가 밤이 깊어 찬 바람이 불자 그는 외투 단추를 잠그며,

"추워지면 술이 더 맛있죠. 겨울에는 왜 이렇게 술이 맛있을까요?"

라고 묻는 영락없는 술꾼이었다. 그가 처음부터 막걸리 양조사가 되려던 것은 아니었다. 물론 회사를 다니면서 연희동에 와인바를 따로 차렸을 정도로

술을 좋아하긴 했다. 막연히 언젠가 회사를 관두고 내 사업을 본격적으로 해야겠다고 마음을 먹은 그는 2016년 무렵 한국 문화에 막 관심을 가지기 시작한 프랑스 사회의 분위기를 감지했다. K-아이템으로 사업을 하면 시장이 열릴 것 같다는 확신이 들었다. 그러다 지인의 소개로 막걸리를 빚는 교육 과정에 등록했는데 '발효'를 통해 술맛이 변한다는 것이 흥미로웠단다.

한국이 언젠가 국제 무대에서 뜬다면 김치, 막걸리, 각종 장류 등 우리의 발효 문화도 주목받을 것이라 생각했다. 그 길로 프랑스로 돌아간 그는 수백 번의 양조 연습 끝에 2021년 10월 첫 제품인 '메종 드 막걸리' 150병을 세상에 내놨다. 누룩은 한국의 금정산성 양조장 등의 누룩을 가져다 썼다. 유럽에서 생산한 최초의 정통 한국식 프리미엄 막걸리였다.

우리는 이날 테라스에서 집주인이 낚시로 잡아 온 바닷장어를 구워 윤 대표가 만든 12도 막걸리와 16, 18도 약주를 곁들여 먹었다. 막걸리는 12도라는 고도수라는 것이 믿기지 않을 만큼 가볍고 산뜻했으며 탄탄한 산미가 받쳐줘 입속에 들어간 바닷장어를 춤추게 만들었다. 원주가 이렇게 좋은데 이를 필터링한 약주 또한 퀄리티가 뛰어날 수밖에 없었다. 그는 "누룩향을 별로 좋아하지 않고 경쾌한 산미를 선호하는 프랑스인의 취향을 맞추고자 했다"면서 "우리술도 일본 사케처럼 현지에서 고급화에 성공해야 한다는 목표를 갖고 있다"고 전했다.

한국을 대표하는 술 막걸리는 와인과 맥주가 일상인 유럽인들의 입맛을 사로잡을 수 있을까. 현재는 극 초기 시장이다. 유럽의 유일한 양조장인 메종 드막걸리에서 생산할 수 있는 막걸리 양의 최대치는 한 병에 750ml 기준으로 월 400병 수준이다. 물론 한국에서 수입해오는 대기업의 막걸리 2~3종이 프랑스에 이미 들어와 있긴 하지만 이 또한 극소량이어서 시장 규모 자체가 작다. 현재 프랑스 내에서는 보르도, 파리 지역 중심의 식당 10여 개에서 공급가 기준 병당 18유로에 팔린다.

그는 "K-푸드 인기 흐름을 타고 이탈리아, 독일 베를린에서도 술을 달라는 연락이 오고 있지만 생산량이 딸려 시장을 확장하지 못하는 것이 아쉽다"면

서 "지금은 당장 돈을 버는 것보다 우선 한국 술의 가치를 만드는 데 더욱 집중할 때라고 생각한다"고 말했다.

한국이 지금처럼 국제적 주목을 받은 적은 없었다. 술과 음식은 가장 강력한 힘을 가진 문화 콘텐츠다. 언제쯤 우리 술도 국제적인 경쟁력을 가질 수 있을까. 예술가의 도시 파리에서, 아티장 정신으로 술을 빚는 윤 대표와 그의 손을 거쳐 세상에 나올 메종 드막걸리에 무한한 '발효 운'이 함께하길 바라며 와인 잔에 막걸리를 한잔 가득 따라 마셔본다.

초록병 소주

난 술주정이 별로 없는 편이다. 사람은 죽어서 이름을 남기고, 술자리는 파한 뒤 '진상'을 남긴다. 전자는 명예로우나 후자는 수치스럽다. 적당한 술주정은 서로 웃으며 즐겁게 놀릴 만한 추억으로 남지만 선을 넘는 민폐를 끼치면 인간관계가 끊어지기도 한다. 이미 엎어진 물을 주워 담을 순 없다. 중요한 건 성찰이다. 무엇을 어떻게 마시면 스스로 '개'가 되는지에 대해 확실히 학습하고, 다시는 진상이 되지 않

겠다는 경각심을 가슴에 품고 살아야 한다. 한동안 밤마다 '이불킥'을 하는 시간도 보내야 한다. 이러한 정신 상태를 갖추지 못한다면 '홀로 외롭게 술을 마시는 것이 낫다'고 생각하기 때문이다.

물론 이렇게 되기까지 숱한 흑역사가 있었고 대부분은 소주가 그 자리에 있었다. 어렸을 때부터 선망하고 동경했던 '우상'이 사주는 소주를 마시고 만취 상태로 그의 차에 올라타 구토를 해버린 적도 있다. 이후 초록병 소주는 내게 오랫동안 트라우마로

남았다.

나는 배우 이미연의 팬이다. 16살 무렵, 영화관에서 그가 주인공으로 출연한 <인디안썸머>라는 영화를 우연히 보고 'H.O.T' 팬에서 '이미연'의 팬으로 노선을 변경했다. 스스로 사형수를 자처할 만큼 불행한 삶을 살아온 한 여자(이미연)가 감옥에서 만난 국선 변호사(박신양)와 사랑에 빠지는 비극적인 줄거리의 멜로 영화였는데, 여주인공의 아련하고 슬픈 연기에 그만 압도당하고 만 것이다.

당장 PC방으로 달려가 포털 사이트에 '이미연'을 검색했고, 온라인에 공개된 기사들을 모조리 읽느라 밤을 꼬박 샜다. 얼마 지나지 않아 이미연은 KBS에서 방영한 사극 명성황후>에서 주인공 명성황후 역을 맡아 열연을 했다. 나는 드라마 속 카리스마 가득한 이미연의 모습에 더욱 빠져들어 그와 관련된 정보라면 모두 섭렵하며 거의 공부하다시피 했다. 알면 알수록 매력적인 사람이었다. 타고난 외모는 물론, 연기력도 훌륭했지만 커리어에 대한 열정이라든가 매사에 진정성이 있고 솔직한 삶의 태도가 당시 청소년이었던 내게는 닮고 싶은 멋진 어른으로 다가왔다.

마침내 나는 이미연을 실제로 만나 이 뜨거운 사랑과 응원을 전해야겠다고 마음을 먹었고, 그대로 행동으로 옮겼다. 현수막을 제작해 교복을 입은 채 영화 시상식부터 무턱대고 찾아갔다. '우리 언니'는 그 정신 없는 와중에도 팬에게 아는 척을 해주고, 눈을 맞추고 말을 걸어주었다. 나의 팬심은 걷잡을 수 없이 커져갔다. 언니가 주연으로 출연한 영화 <중독>의 촬영장에 방문했을 땐, 촬영 중에도 짬을 내어 먹을 것을 챙겨주면서 "집에는 어떻게 가느냐. 이런 데 오지 말고, 공부 열심히 하라"고 나를 걱정해주기도 했다. "시험을 잘 봤다"라고 대답하면 언니는 활짝 웃으며 좋아했다. 그 시절 나는 하루빨리 대학생이 되어서 언니에게 성인으로 인정받고 싶은 마음뿐이었다.

대학생이 되자 드디어 나의 우상과 술을 마실 기회가 찾아왔다. 아일랜드로 어학연수를 간다는 내게 언니는 처음으로 소주를 한잔 사주겠다고 했다. 청담동의 한 삼겹살집에서 언니가 첫 잔을 따라주었을 때 심장이 어찌나 쿵쾅거리던지. 성인이라고 해봤자 고작 스무 살이었던 나는 내 인생의 '아이돌' 앞에서 강함을 과시하고 싶어 연신 소주잔을 원샷으로 비우는 허세를 부렸다. 그리곤 어느 순간 정신을 잃었다. 다음날 아침 눈을 떠보니 다행스럽게도 내 방 침대 위였다. 고깃집에서 신나게 술을 마셔대던 시점부터 집에 도착하기까지의 기억이 모두 끊겨 있었다. 생전 처음으로 겪는 블랙아웃이었다. 심장이 덜컥 내려앉았다. '혹시 내가 무슨 실수를 한 것은 아닐까.'

불길한 예감은 틀리는 법이 없다. 뒤늦게 알게 된 사실이지만 그날 밤 정신을 잃은 나를 매니저 오빠가 업고 언니의 차에 태웠고, 나는 뒷자석에서 토했다고 한다. 비닐봉지가 있어 차에 불순물이 묻는 상황까지 가지는 않았으나 어쨌든 그 자체만으로 너무 창피해서 어학연수고 뭐고 증발해버리고 싶은 심정이었다. 사죄는 해야 하는데 통화를 하기도 무섭고 창피해 어찌할 바를 몰라 발을 동동 굴렀다. 나는 용기를 내 출국 직전 공항에서 언니에게 전화했다.

"언…니…, 저 ㅎ혀혀현ㄴ ㄴ희인데요. 지금 비행기 타려고 기기기…다리는데요…, 그날 일은 정말 죄송했습니다……."

한국 최고의 여배우인 그는 감정을 다스리며 차분하게 말했다.

"현희야… 사람은 자기 주량을 알고 절제할 줄 알아야 해. 게다가 혼자 외국에 있을 텐데 술을 그렇게 마시다가는 큰일 난다. 술 많이 마시지 말고 건강하게 잘 다녀와."

진심으로 술을 끊고 싶었다. 하지만 뜻대로, 계획대로 되지 않는 것이 인생이다. 공항에서 사죄 전화를 올리고 난 24시간 뒤 도착한 아일랜드는 도저히 술을 마시지 않을 수 없는 나라였다. 도처에 널린 펍에는 로컬 맥주인 기네스 맥주 탭이 꽂혀 있었고, 온갖 유럽산 와인과 각종 증류주가 넘쳐났다. 신나게 맥주와 와인, 위스키 등을 탐닉했지만 그날 그 사건 이후 초록병 소주에 생긴 거부감은 도통 없어지지 않았다. 오히려 아일랜드에서 '술 전문가'가 되어버린 탓에 물에 에탄올과 감미료를 탄 소주를 뭐가 좋다고 마시는지도 이해가 가지 않았다. 그렇게 '희석식 소주 극혐론자'가 됐다.

다시 '무(無)맛'의 소주를 마시게 된 건 사회생활을 하면서부터다. 정확히 말하면 억지로 마시기 시작했다. "소주 한잔하자"며 다가오는 취재원, 각종 회식 자리에서 오고 가는 소맥 폭탄을 거절할 도리가 없었다. 기자로 살면서 맨정신으로 밥 세 번 먹는 사이보다는 진하게 술 한잔 같이 마신 관계에서 훨씬 더 농밀한 이야기를 주고받을 수 있어서였다. 그러다가 와인, 위스키, 맥주 말고 꼭 소주를 마셔야 하는 날이 어떤 날인지, 한국인으로 한국에 살면서 "소주 한잔할까"라는 말이 어떤 뜻인지 동물적으로 체화하게 되었다.

초록병 소주는 곧 인생의 페이소스였다. '무맛'의 소주가 우리의 국민 술이 된 건 그만큼 우리가 치열하게 살았음을 방증한다. 희석식 소주보다는 증류식 소주를 지향하자고 주장하는 술 기자이지만 인정하지 않을 수 없다. 참이슬이나 처음처럼이 우리에게

준 위로를. 술 자체에서 맛은 느낄 수 없지만, 사람이
맛있으면 된 거다.

초록병 소주는 묻는다. 술의 본질은 무엇일까.
우리는 왜 술을 마실까. 술에 취하는 것을 좋아하는
것일까? 분위기를 좋아하는 것일까? 사실은 사람으
로 받은 상처를 사람으로 치유할 수밖에 없는 우리가
결국 사람을 잃지 못해서가 아닐까.

세월이 많이 흘렀다. 배우 이미연을 응원한다며

교복을 입고 영화 시상식을 종횡무진 뛰어다니던 풋풋했던 시절의 나는 이제 내일 모래 마흔을 바라보는 어른이 되었다. 중요한 건 꺾이지 않는 마음이고, 변치 않는 건 언니를 향한 마음이다. 대학에 입학했을 때, 첫 회사에 입사했을 때, 처음 책을 출간했을 때, 처음 내 집을 마련했을 때도 나는 언제나 이미연의 팬이었다. 지금도 아주 가끔 언니를 만나 초록병 소주를 마신다. 물론 두 번 실수란 없다. 이미연의 팬인 것이 여전히 자랑스러울 뿐이다.

숙취의 3요소

"환자분, 여기서 자면 안 됩니다. 수액 다 맞았으니 이제 가셔야 해요."

술꾼으로서 가장 큰 행운이자 비극은 병원에서 놓아주는 수액을 맞으면 지옥 같은 숙취가 말끔히 사라지고 바로 소주 한 병을 깔 수 있는 컨디션으로 회복된다는 사실이다. 다소 이른 나이인 20대 초반에 이를 알아버렸다. 여느 날처럼 과음하고 구토가 멈추지 않아 이른 오전에 응급실을 찾는데, 밤새 응급 환자를 돌보느라 지친 의사 선생님은 "술을 너무 많이 먹어서 계속 토가 나와요"라는 증상을 호소하는 내게 세상 한심한 눈빛을 보내며 수액을 처방해주었다.

팔뚝에 주삿바늘을 꽂자마자 스르륵 잠이 들었다. 이날 응급실 침대에서 맛본 '꿀잠'을 잊을 수 없다. 병원에 오기 전까지만 해도 분명 숙취 때문에 세상을 하직할 것만 같았는데 수액을 맞으며 잠에서 깨어나자 술기운이 완전히 사라져 바로 거뜬히 술을 들이켤 수 있는 정도로 회복된 것이다. 21살의 내게 수액은 마치 마법 같았다.

숙취에 수액이 '직빵'인 원리는 간단하다. 수액은 보통 포도당, 수분, 전해질로 이뤄져 있다. 우리 몸에 알코올이 들어가면 간은 알코올을 독성으로 인식해, 하고 있던 모든 일을 다 멈추고 알코올을 분해하는 데 모든 에너지를 끌어다 쓴다. 자연히 당이 떨어지고, 수분 부족에 시달리게 된다. 이때 수액을 맞으면 부족했던 당과 수분이 빠르게 채워진다. 전해질은 수분을 손실 없이 흡수할 수 있도록 도와준다. 무너진 신체 밸런스는 수액 한 봉지에 바로 잡힌다.

술 마신 다음 날 어김없이 밀려드는 숙취 해소의 '마스터키'를 진작에 경험해본 나는 "까짓거 내일 링거 한 대 맞지 뭐" 하며 호기롭게 술을 들이부은 날이 많았다. 수액의 힘을 믿고 한번 술자리를 시작하면 물러나지 않는 No Back, '노빠꾸' 정신으로 절정까지 내달렸다. 덕분에 어딜 가든 '주량으로는 밀리지 않는 자'라는 쓸데없는 명예를 갖게 되었다.

세상의 모든 일에는 동전의 양면이 존재하는 법이다. 같은 이유로 이것은 곧 술꾼으로서 가장 큰 불행으로 작용했다. 일단 숙취를 해소하는 데 돈이 너무 많이 들었다. 적당히 마시면 꿀물이나 포카리스웨트 1.5리터 원샷 등의 민간요법으로 충분히 잦아들 수 있는 숙취를 굳이 폭음을 해 병원에 가지 않으면 안 되는 상태까지 만들어서 술을 마시는 데도 돈이 들고, 술을 깨는 데도 돈이 들었다. 아는 사람은 알겠지만, 24시간 진료하는 응급실에서 수액을 맞으면 8만 원 정도 나오고, 오전 9시에 문을 여는 1차 병원인 동네 의원에서 수액을 맞으면 4~5만 원 정도가 깨진다.

게다가 대학생 때는 간간이 아르바이트하는 것 외에는 벌이가 없었기 때문에 부모님의 신용카드를 받아 썼는데 수액의 매력에 빠져 '술 마시고, 수액 맞고'를 반복하다 보니 어떤 달에는 쇼핑을 하나도 안 했는데도 카드 값이 100만 원에 육박할 때도 있었다. 당연히 엄마로부터 "대학생 주제에 대체 왜 이렇게 많은 돈을 쓰는 것이냐"는 비난을 받았다. 이렇게 수액을 맞다가는 가정불화가 생길 것이 분명했다.

사실 술을 안 마시면 되는 일이다. 그러면 수액을 맞을 일도 없을 것이고 가정불화도 막을 수 있다. 아니면 수액을 마음껏 맞을 수 있도록 경제적 독립을 하면 되는 것이다. 하지만 난 '금주'하는 방법을 생각하지 못했다. 창의력 또한 부족해서 수액을 맞을 만큼 과음하지 않겠다는 결심을 하는 것도 상상하지 못했다.

"자, 보란 듯이 꼭 성공해서 수액도 눈치 보면서 맞아야 했던 오늘날의 수모를 꼭 갚아 주리라"는 독기도 없었다. 그저 술을 향해 달려가는 한 마리의 경주마일 뿐이었다. 무조건 직진. 나는 금액에 구애받지 않고 맘 편히 수액 맞을 곳을 며칠 동안 미친 듯이 뒤졌고 마침내 집에서 2km 남짓 떨어진 곳에 수액을

8,000원에 맞을 수 있는 곳을 찾아냈다. 병원 이름도 '사랑의 병원'이었다. 술 깨는 데 단돈 8,000원이라니. 이름처럼 너무나 자애로운 곳이 아닌가.

한동안 '유레카!'를 외치며 그 병원을 즐겨 다니던 나는 결국 가정불화로 인해 수액 맞는 일을 중단했다. 여느 날 아침, 집 근처 전봇대 밑에 쓰러져 있는 나를 출근하던 아빠가 발견했다. 놀란 아빠는 서둘러 나를 차 뒷자리에 태우고 병원으로 향했고 숙취에 지쳐 있던 와중에도 가정 경제가 걱정될 정도로 효심이 깊었던 나는 아빠에게 "무조건 사랑의 병원으로 가야 한다"고 말했다. 아빠는 생각할 겨를도 없이 고개를 끄덕이며 무작정 사랑의 병원으로 내달렸다. 아빠가 병원 앞에 도착해서야 내게 물었다.

"대체 어디가 아픈 거니? 왜 이곳으로 오자고 한 거야? 큰 병원에 가야 하는 거 아니야?"

"아 그게… 사실 어디 아픈 건 아니고, 내가 어제 술을 너무 많이 마셔서… 숙취 때문에 그러는데, 여기가 수액이 제일 싼 곳이야."

"뭐라고 이 자식아? 이 한심한 자식이 하라는 공부는 안 하고 언제까지 그렇게 술 처먹고 다닐 거야!!"

카드값이 100만 원 나온 날 이후 역대급 비난을 받은 날이었다. 싸고 효과가 좋은 수액은 이날도 역시 꿀이다 못해 개꿀이었지만, 이번에는 중대한 결심을 했다. 이제 수액을 믿고 폭음하지 않기로. 아무리 생각해도 수입이 없는 대학생이고, 경제적 독립도 못한 주제에 사람으로 태어나 계속해서 이런 모습을 부모님께 보여주며 가정불화를 일으킬 수는 없었다. 앞으로 술꾼으로 계속 살아가고, 살아남기 위한 최소한의 양심이었다.

수액을 맞지 않는 대신 숙취 해소의 '기본기'에 충실하기로 했다. 수백 번의 경험을 통해 숙취는 다음과 같은 3요소를 모두 만족해야 '완전한 해소=정상 컨디션'의 단계에 이를 수 있다는 사실을 깨달았다. 그리고 하나 더. 빠른 숙취 해소만이 해야 할 일을 미루지 않는, 일상생활에 영향을 주지 않는 술꾼의 삶을 살 유일한 방법이라는 사실도 알게 되었다.

하나, 잠

가장 막강한 자들이 "난 숙취가 없다"고 말하는 사람들이다. 진정한 주량은 다음날 컨디션에 영향을 주지 않는 범위에서 얼마나 술을 많이 마실 수 있느냐일 것이다. 숙취가 없다는 건 술을 아무리 마셔도 고통스럽지 않다는 뜻이니 술이 지긋지긋해 세상의 모든 술을 다 마셔서 없애버리고 싶은 마음만큼 술을 실제로도 마실 수 있는 고수들이다. 이들의 비결은 기본적으로 간 기능이 좋고, 알코올 분해 효소가 많고, 잠을 자기만 하면 '숙면' 단계에 진입하는 체질을 타고 났기 때문이다. 숙취를 해소하는 가장 효과적인 방법은 수면이다. 몸 안에 들어온 알코올 배출량의 90%는 간이 담당하는데, 잠을 자는 동안에는 다른 신체 활동이 없기 때문에 간이 알코올 대사에 전념하게 된다. 같은 양의 술도 잠을 자지 않으면서 밤새 마시면 간이 받는 부담은 훨씬 크다. 술을 마시면 잠을 충분히 자야 술이 빨리 깬다.

둘, 물

물과 돈과 근육은 배반하지 않는다. 음주 전후로 물을 무조건 많이 마셔두면 손해 볼 일이 없다. 모두가 알다시피 우리 몸이 알코올을 분해할 때 수분을 계속 공급해줘야 해독작용이 원활하게 이뤄진다. 술로 저하된 혈당을 높이기 위해서 당분이 든 꿀물, 과일주스를 마시는 것도 좋지만 포카리스웨트나 게토레이 같은 이온음료를 1.5리터 사서 통째로 들이붓는 것만큼 효과가 빠른 것도 없다. 이온음료에는 설탕도 들어 있고, 전해질도 녹아 있다. 전해질은 수분이 우리 몸에 손실 없이 흡수되도록 도와준다. 술을 마시고 집에 들어오는 길에 편의점에 들러서 포카리스웨트 대용량을 사오는 습관을 들이자.

셋, 대변

잠도 충분히 잤고, 포카리스웨트도 원샷 했는데 몸이 찌뿌둥하고, 속이 불편하다면 이른바 '해장의 대미'로 알려진 '술똥'을 아직 싸지 않은 것이다. 과음한 다음날 대변을 누면 컨디션이 눈에 띄게 개선된다는 걸 바로 느낄 수 있다. 숙취가 나타날 정도로 많은 양의 술을 마셨다면 알코올 일부가 변으로 배출됨으로써 간과 혈액에서 처리해야 할 독성 물질의 부담이 줄어드는 것이 아닐까 추정해본다. 실제로 술 마신 다음날 변의를 느끼는 경우가 많다. 이는 알코올이 대장을 자극해서 장운동을 촉진하기 때문이다. 술을 마실 때 함께 먹는 음식이 대체로 자극적인 것이 많아 장이 버티질 못해 술똥을 유발한다는 설도 있다. 다만 알코올에 심각하게 중독되면 장이 망가져 변비 증상이 나타날 수도 있다고 하니, 술똥은 건강한 술꾼의 척도라고 봐도 무방할 것이다. 쌀 수 있을 때 참지 말고 많이 싸자.

이렇게 썼지만, 가끔 폭음을 하면 3요소를 다 채워도 술이 깨지 않는 경우가 종종 있다. 그럴 때면 역시 수액을 찾아 헤매는 방법밖에 없다. 경험상 서울 곳곳에는 '수액 맛집'이 몇 군데 존재한다. 이메일(simmacduck@gmail.com) 을 통해 따로 문의하면 괜찮은 곳을 공유하겠다.

세상의 모든 술은 위대하다는 범술론자, 심현희 작가가 맥주에 이어 다음 알코올 찬가를 냈다. 이번에는 와인으로 시작해서 위스키, 브랜디, 전통주까지.

첫사랑인 맥주도 빼놓지 않았다.

술이 삶을 너그럽고 풍미있게 만들어 준다는 알코올 예찬론 동지로서 심현희 작가와 함께 와인잔을 기울이며 대화할 때마다 작가의 술에 대한 결코 가볍지 않은 진심을 느끼곤 했다. 단순한 애주가가 아니라 다양한 주류를 알리고 술의 올바른 문화를 전파하고자 하는 모습에, 감히 그녀를 주류 문화의 선도자라 칭해본다.

자기가 좋아하는 것을 널리 알려 공유하며 자랑하고 싶어하는 것은 덕후의 공통된 마음일 것이다.

'술꾼의 정석'은 그런 덕질의 산물이다. 책에서 심현희 작가는 자신을 알코올에 영혼을 녹여버린 주정뱅이처럼 가볍게 표현했지만, 들여다보면 책의 내용은 전혀 부허하지 않다. 술에 얽힌 역사와 환경, 술 소개와 추천, 술이 만나게 해 준 인연과 사람 이야기, 주류의 문화적인 면까지 전반적인 이야기를 다루고 있는 훌륭한 술 입문서다.

내 손에 들린 것은 활자가 인쇄된 종이묶음인데, 그 책에서 정취 깊은 와인향기가 난다. 위스키와 브랜디 향이 난다. 가벼운 터치로 풀어냈지만 섬세하고 깊은 사람 향기가 스며들어 있는 이야기를 받았으니, 오늘 저녁은 꼭 그와 같은 피노누아 한 병을 따야겠다.

한국주류수입협회
회장 마승철

술꾼들에게는 '돌고 돌아 밸런스'라는 말이 있다.
처음에는 독특한 향이나 맛이 강한 술에 끌리다가 결
국 향과 맛의 균형이 좋은 술을 찾게 된다는 의미다.
작가 심현희는 이 책에서 와인을 마시다 보면 '돌고
돌아 보르도'라고 했는데 비슷한 맥락으로 읽힌다.
맥주도 마찬가지다. 다양한 맥주를 탐닉하다가 결국
은 맥아와 홉의 균형, 즉 단맛과 쓴맛의 밸런스가 좋
은 맥주에 정착하게 된다.

맥주는 보리(맥아), 홉, 효모, 물, 네 가지 기본
재료로 만들어진다. 이 가운데 홉은 맥주에서 쓴맛
과 향기를 담당하는 재료다. 심현희는 홉을 닮았다.
그의 글은 때로는 쓰고 때로는 향기롭다. 기자로서
그는 불합리하고 공정하지 않은 일에 대해선 거침없

이 쓴소리를 하지만 작가로서 그는 보는 이를 끌어당기는 여운을 남긴다. 남의 술 마신 이야기가 무슨 재미일까 싶어 읽다 보면 어느새 남은 페이지가 아쉬워 오늘 어떤 술을 마실까 고민하게 된다.

이 책은 행복과 불행, 진보와 보수, 나와 너 사이의 균형을 맞추려고 노력하는 우리의 인생을 술에 빗대 역설하고 있다. 책을 읽다 보면 풀리지 않는 인생의 문제도 풀어낼 해법을 발견할 수 있을 것이다. 술 한잔과 함께 이 책을 읽으며 삶의 밸런스를 찾아가기를 바란다. Cheers!

한국수제맥주협회
회장 이인기

Thanks to

제가 말하고자 했던 건 결국 사람 이야기였던 것 같습니다. 술 기자로 불렸지만 본질은 그 술을 마시고, 즐기며 인생을 논하는 '사람'을 취재하고 '사람'에 대한 글을 쓰는 일이었음을 깨닫습니다. 셀 수 없이 많은 술자리에 함께해준 '술친구'들이 없었다면 이 책을 쓰지 못했을 겁니다. 감사합니다.

술 친구는 아니지만, 이 책을 심완섭, 김나현 님에게 바칩니다.

취향 속에서 흥청망청 마시며 얻은 공식

술꾼의 정석

초판 발행　　2023년 6월 20일

지은이　　심현희
펴낸이　　김희연
펴낸곳　　㈜에이엠스토리(amStory)
편집　　정지혜, 박예지
홍보·마케팅　　㈜에이엠피알(amPR)
디자인　　서하윤(페이퍼워크)
인쇄　　㈜상지사P&B
출판 신고　　2010년 1월 29일 제2011-000018호
주소　　(04352) 서울특별시 용산구 한강대로 296(참빛빌딩) 602호
전화　　(02) 779-6319
팩스　　(02) 779-6317
전자우편　　amstory11@naver.com
ISBN　　979-11-85469-22-5 (03810)

※ 이 도서는 관훈클럽 정신영기금 언론인 저술지원을 받아 제작되었습니다.